JN122642

京都はんなり、かりそめ婚

恋のつれづれ、ほろ酔いの候

華藤えれな

ポプラ文庫ピュアフル

目次

1　契約嫁は花嫁になれるか　6
2　たゆとうとも進まず　54
3　酔っぱらいの魂　90
4　蜜の極楽　134
5　天才の生きる道　166
6　愛のあるべき場所　206
7　本物の花嫁、本物のかたち　232

京都はんなり、かりそめ婚

～恋のつれづれ、ほろ酔いの候～

華藤えれな

ポプラ文庫ピュアフル

1　契約嫁は花嫁になれるか

「――おれと結婚してください」

遠野沙耶《とおのさや》、二十七歳。出会ったばかりのイケメンにいきなりプロポーズされたのは今からちょうど半年ちょっと前のことだった。

あれは京都の街に小雪が散らつく真冬の午後だった。

お相手は、京都の街中で江戸時代から続く造り酒屋「天舞酒造《てんまいしゅぞう》」を経営している若き杜《と》氏《じ》の新堂《しんどう》すぐるさん。

これって、なにかのドッキリ？

それとも夢――？

このときまで、沙耶は人生最大のピンチに直面していた。

三年間、勤務していた会社から契約期間終了を告げられ、社宅を出ることになり、真冬の京都で、金なし、家なし、職なし、猫有り……という状態で、どうしていいのかわからず、途方にくれていたのだ。

その上、犬をかばって足に大怪我をして……もうお先は真っ暗……というときに言われた突然のプロポーズ。

『ここに住んでください、あなたはおれの理想の嫁なんです』

土下座するほどの勢いでたのまれ、えええええっと、ただただ驚くしかなかった。

『結婚して欲しい。いや、結婚してください』

熱い眼差し、必死の様子に、ドキドキしてしまったのは事実だ。

本気なの？　ううん、ありえないでしょう、お互いのことなにも知らないのに。わたし、初対面の相手からモテるようなタイプじゃないよ。

ありえない、こんなこと。戸惑う沙耶に、彼はさらに深々と頭を下げた。

『これは人助けです。お金も払います』

え――――？

人助け？　お金って？

意味がわからず混乱して頭が真っ白になった。

『住みこみのバイトとして、結婚するふりをしてください』

バイト？　結婚のふりって？

――ということでよくよく理由をたしかめれば、つぶれかかっていた「天舞酒造」存続のため、花嫁という女将が必要――という、漫画かドラマみたいな契約結婚をして欲しいということだった。

正式には契約婚約である。

沙耶を選んだのは、「天舞酒造」の建物のような「京都の古い町家《まちや》暮らし」が好きで、「酒が好きすぎない」ために酒蔵に住んでも酒に飲まれない、それから契約結婚したところで問題になる彼氏がいないということだった。

さらに、そこにいる職人さんやご近所さんに、すんなりと受けいれてもらえそうな平和そうな雰囲気だったからというのもあったようだ。

ああ、何だ……そういうことか。

そりゃそうよね、いきなり本当の結婚なんてありえないよね。わたしだって、もちろんできっこないんだし。――と納得しながらも、しゅーっと風船がしぼむように胸の動悸も治まっていったのはどうしてだろう。

つまりは彼が望んでいるのは形だけの婚約で、本当に結婚するわけではない。

ふりをすればいいだけ。他になにもしなくていい。

住むところ、寝るところ、食べ物にも困らず、愛猫のソラくんとも一緒にいられる。

さらには、新堂の家は沙耶が大好きな京都の古くからある町家だ。その上、かわいい秋田犬もいる。

冷静に考えれば、ものすごくありがたい話だと思った。

はっきり言って、渡りに船。沙耶が一番必要としていることではないか。

あなたは、神様ですか？

それとも、これはドッキリですか？

こんな都合がいいことがあっていいのか、それともなにか裏でもあるのか。

いや、あのときの沙耶には裏まで考えている余裕はなかった。その申し出に乗るのが最善に思えたのだ。

よし、がんばって、うまくやってみよう、この利害一致の契約結婚を。

持ち前の前向きな性格の勢いもあって、すぐにそう決意した。

それが沙耶の京都での新生活の始まりだった。

といっても、千年の古都・京都のど真ん中で、江戸時代から続く古い造り酒屋での、住みこみ契約嫁生活がすんなりと進むわけはない。

酒造りにしか興味のない典型的職人の新堂すぐるを始め、気むずかしい八十過ぎの職人さんや癖の強い職人さんがいっぱい。

お隣には金髪のイメケンのお坊さんや、とても綺麗な彼のおばあさん。

新堂のお兄さんの未亡人、ご近所さん等々。

南国土佐《とさ》の太平洋を見て育った沙耶はといえば、おおらかさと前向きさだけが取り柄。

人の心の裏表も、京都の人間特有の言葉の意味もわからない。

まるで人間関係のダンジョンを攻略していくような毎日だった。でも大変かといえばそうでもなくて、けっこう楽しくて。

約半年が過ぎ、どんなふうになったかというと――――こんな感じです。

◇◇◇

どこからともなく甘い金木犀《きんもくせい》の香りが舞いこみ、朝夕の空気が肌に冷たく感じられるようになってきた初秋の夕刻――。

ここ、京都西陣《にしじん》の一角にある「天舞酒造」の厨房は、金木犀とは別の空腹を刺激する秋の味覚の匂いでいっぱいだった。

ふわふわと湯気が出ているスイートポテトの酒蒸し。

それから銀杏と栗がたくさん入ったおこわ。

きのこの茶碗蒸し。梨を生ハムで巻いたもの。

京野菜のひとつ――賀茂茄子《かもなす》の田楽。紅麹《べにこうじ》味噌の厚揚げのあえもの。

昔ながらの平土間に置かれた配膳台に、次々とおいしそうな料理が並べられていく。

三角巾とマスクをして、厨房で手ぎわよく料理を作っている、すらっとした長身の男性は、半年前、沙耶にいきなりプロポーズしてきた婚約者（仮）だ。

京都市上京区《かみぎょうく》――洛中《らくちゅう》のど真ん中にある江戸時代から続く老舗の造り酒屋「天舞酒造」の経営者にして、若き杜氏でもある。

とりあえずお酒造りのシーズンが終わるまで――という半年間のかりそめの婚約契約

だったけれど、シーズンの終わりに契約を延長することにした。

それから二カ月――。

「――これ、運んでいい？」

新堂と同じように三角巾とマスクをつけ、沙耶は小鉢に分けられた豆腐ととろろと鱧《はも》のジュレをトレーに載せ始めた。

「ちょっと待ってください」

くるっと新堂がふりかえる。

「これを足さないと」

新堂が黄菊のジュレを大さじ一ずつかけていく。

「菊、食べられるの？」

「はい、重陽《ちょうよう》の節句には菊と決まっていますからね。酒の味が引き立つよう、ちょっとピリッとするような味にしてあります」

造り酒屋なのに、わざわざ秋の料理をこれだけ用意しているのには理由がある。

今日の午後五時半――「天舞酒造」の閉店後、常連さんだけで秋のお酒「ひやおろし」の試飲会を行うのだ。

ひやおろしとは、その名前の通り冷酒で、酒造メーカーでは秋にこうして蔵から出して冷やのまま飲むことになっている。

これから冬に向け、本格的な酒造りが始まる。今季の製造にむけ、神事が行われるのだが、その前に、お得意様へのお礼を込めての試飲会だった。

招待客は、ふだんお世話になっている料亭やお茶屋さん、神社仏閣などの面々。

試飲会をすることになったのは、使用していない隣の敷地を使って沙耶がリノベーションした蔵カフェのおひらきと宣伝も兼ねてのことだった。

もともとあった土間には店で売っている酒が試飲できるような立ち飲みのカウンタースペースがあるが、その奥に細長い土間があり、さらに奥庭の向こうに、まったく使われていない土蔵があった。

明治か大正時代に建てられた蔵らしく、めずらしい照明や樽や瓶が放置されていたのだ。それを発見したときの感動はうまく言葉にできない。

子供のころ、家の中に秘密基地にできそうな場所を発見したわくわく感のようなものが胸に広がっていったのだ。

古い土蔵特有の、光がぼんやりとしか射しこまない感じがとてもすてきだ。壁が厚いので、外の音が聞こえないシンとした静けさに包まれ、気持ちが落ちつく。

ここだ、ここをリノベーションしてみたい。みんなが集まって、楽しく過ごせる空間にしたい。そんな思いがあふれそうになった。

沙耶が子供のころから抱いていた古い京都の町家へのあこがれ。家族や仲間が心からくつろげる空間作り。

それがやりたくて地元の専門学校を卒業したあと、故郷の高知から京都に出てきて、そうした事務所を併設している不動産会社の契約社員として働いていたのだ。

だが、ようやく正社員への採用が決まり、町家リフォームの事務所での仕事に関われそうになった矢先、利益を優先の会社の体質に感じた疑問を口にしてしまい、採用の話は立ち消えに。契約の更新もなくなった。ようはクビになったのだ。

その原因こそ、この「天舞酒造」だった。百年以上続く古い町家を解体して、利便性優先の味気ない建物にするのをリノベーションの相談にきた新堂に会社が提案していたから。

思わずもったいない、古い風情を壊すよりも生かすべきだと口走ってしまったのだが、それが原因でリノベーションの話は白紙に。会社の利益無視の発言をしたとして、沙耶の正社員採用の話も消えた。要するに、家なし職なしになったそもそもの原因。

(でも結果的にはよかった、あのとき、思わず口出しして)

ここに住むようになって、何度そう思ったことか。昔のままの古い土蔵を発見したときは、過去の自分に感謝したくらいだ。

いてもたってもいられず、沙耶はそこを思い切ってリノベーションして、日本酒の蔵カフェバルにしたいと新堂に相談してみたのだ。

『特に使ってないので、自由にしていいですよ』

そう言われてからの記憶はほとんどない。

気がつけば、時間がゆるすかぎりそこに座って蔵バルをどうするかを考えていた。

こうしようと決めてからは、迷うことなく黙々と自分のイメージする空間作りに向かってリノベーションに力を入れ、ようやく人を招待できる状態になった。

（思った以上に、いい感じにできた。嬉しい）

奥庭に床几を置き、月を眺めることができるようにもした。今日のように、心地よい季節は月見酒も楽しめるだろう。

「ひやおろしって、十五夜の月を見ながら、ひんやりとした秋の酒を飲むときのものなのよね？」

「ええ、そうですよ。十五夜は明後日ですが、今日は天気もいいですし、ひやおろしをいただくのにちょうどいいですよ」

「そうだね、そろそろ東山《ひがしやま》に綺麗なお月さまが出ているころかな」

「楽しみですね、沙耶さんの蔵バル……お洒落《しやれ》なので、みなさん、びっくりしますよ」

予算内なら好きにしていいと新堂から言われたので、レトロとモダンをとりいれた、静かな雰囲気のバルを目指した。

まだ「天舞酒造」の職人さんにしか中を見せていない。招待客の面々がどんな反応をするのか、実は不安しかないのだ。

「っ……ああ、それは言わないで。ドキドキなんだから」

「大丈夫ですよ、いい感じだと思いますよ」

マスクをはずし、新堂は目を細めてほほえみかけてきた。

上方の格子窓《こうしまど》から射しこんでくる秋の陽射しがその端麗な顔を淡く照らす。

この半年で、すっかり見慣れたはずの、彼の顔がいつになくまばゆく感じられ、胸がどきっとした。

すっきりとした切れ長の眸《ひとみ》、上品な鼻梁《びりょう》に口元。藍染の作務衣《さむえ》の上下に、下駄。

一見すると京男子らしい和風の整った風貌と、いかにも職人という素朴そうな雰囲気だ。それがバランスよく混ざりあい、清雅で誠実そうなイケメンといった風情を感じられる。

その上、すらりとした長身にちょっと繊細そうな細さも加わり、大人から子供までものすごくモテる。

一度、限定で作った梅酒のことで、十秒ほどローカルテレビでインタビューに答えたことがあるが、翌日には通信販売の注文が殺到し、即完売。注文してきたのはすべて女性だった。

(ラベルに、この人の顔写真でも印刷したほうが、お店、繁盛するかも)

とは思うものの、当の本人は酒造りにしか興味がないので、マスコミへの宣伝や対応などはすべて沙耶まかせである。

たしかに、この人、お酒造りとそれに関すること以外、本当に何もできないのよね。お料理が得意なのも、お酒をどうすればおいしく飲めるかを考えてのことだと思う。

『契約更新しろ、いいな』

そう言われて二カ月がすぎた。

祇園祭《ぎおんまつり》の前、仮婚約者から本当の婚約者に変わったけれど、それ以上の進展はない。

ここでの酒造りのシーズンは、十月から四月まで。もうそろそろ次のシーズンが始まるので、職人さんたちがとても楽しそうにしている。

その筆頭が新堂だ。今年の酒米はとてもいいとか、今年の冬は酒造りにちょうどいい気候になりそうだ……とか、天気予報を見て目を輝かせている。

（東北の杜氏巡り……実行したかったけど……）

沙耶は台所の壁に貼った『八戸《はちのへ》酒蔵祭』のチラシをちらりと見た。

いろいろ話しあい、お盆のあと、酒蔵の宝庫——青森県にいく予定を立てていた。

大阪から三沢行きの飛行機に乗り、レンタカーを借りて、八戸、むつ、青森市内、弘前《ひろさき》、十和田《とわだ》と、半月くらいかけてまわろう、と。

ついでに奥入瀬《おいらせ》や白神山地《しらかみさんち》も行こうと、細かく計画を立てていたのだが、残念なことに計画だけに終わってしまった。

というのも、お盆前、酒造り用の機械の一部に不具合が出て、その修理に加え、さらに屋根も直そうということになり、ひたすらめまぐるしい毎日になってしまったのだ。

夏はオフシーズンだって言っていたのに。

旅行は九月になったら行こうと言いながら、結局、機械がもどったときには、もうひやおろしの試飲会の準備に入ってしまって。

（まあ、せっかく業者さんが入っているからって……わたしも、工具を借りたり、職人さんに頼んだりして……その間にこのバルを造ったわけだけど）

そんなこんなで、結局、旅行はせず、夏の間、二人ともそれぞれの仕事ばかりしていたことになる。

最終的に、旅行は来年の春、桜の季節に……ということになった。

（……契約を更新して……桜の季節に旅行をという話も出て……まあ、わたしのこと……ちゃんと考えてくれているとは思うけど）

でも本当にそうなのかな……と、不安を感じてしまうのは、彼から具体的になにか言葉として聞いたわけではないからだ。

そもそも好きだと言われたことは一度もない。

（まあ、わたしも口にしてないけど……）

先に契約で婚約なんてしてしまったせいか、今さら、自分の気持ちを口にするのに抵抗があるのよね。

そうしてあれこれ考えながら準備を進めていると、マスク姿の若い職人さん数人が現れた。三人の兄弟と京都大学出の酒造りの蔵人さんたち。彼らは、今日の試飲会に、スタッフとして参加する予定だ。

「——うわあっ、おいしそうですね」

「すぐるさん、これ、店に運んでいきますよ」

職人さんたちがトレーに載った料理を店へと運んでいく。

「あ、じゃあ、おれもやります」

マスクをつけ直し、新堂もトレーを手にとった。

「じゃあ、よろしくね。わたしは、そろそろお店の看板下げてくる」

店舗の営業時間は、午前九時から午後五時まで。職人さんたちはもっと朝早くから出入りしているけれど。

「すみません、もう閉店ですか？」

のれんと営業中の看板を下げていると、後ろから女性が声をかけてきた。

ふりむくと二十歳くらいの若い女性の二人組だ。手にはスマホの地図アプリ。キャリーケースをひいているところを見ると観光客だろう。

「あ、今ならまだ大丈夫ですよ、どうぞ」

沙耶は引き戸を開けて中に招いた。

「よかった。あの、このSNSに載っているオーシャンブルーのボトルの『水琴の誓い』というお酒が欲しいんですけど。小さいほうをお土産にしたくて」

若い女性はスマートフォンをスクロールし、沙耶に写真を見せた。

さわやかな青系のボトルに、竹と手水鉢の絵が描かれたラベルのついた涼しげな雰囲気の純米酒だった。

「あ、それ、夏限定なのでもうないんですよ」

「えーっ、夏だけなんですか？」

「ええ、すみません」

蒸し蒸しとした京都の夏にぴったりの、清涼感を覚える飲み口のお酒だ。瓶詰めするときだけ火入れをした生貯蔵酒で、アルコール度数が低く軽口なので女性を中心に人気が出て、あっという間に完売してしまった。

「じゃあ、柚子酒でも買って帰る？」

二人が顔を合わせて相談する。

「そうだね。この写真のお酒の三点セットください」

ミニボトルの柚子酒の三点セット。柚子だけと蜂蜜入りとレモン入り。こちらもアルコール度数の低い大人気商品だったが、まだ在庫が少しだけ残っていた。

「では、今からお包みしますね」

沙耶が棚の下から三点セットの箱を出していると、女の子たちが問いかけてきた。

「お店の写真、撮っていいですか？」

「え、ええ。どうぞ」

沙耶が柚子酒のセットを包んでいる間、彼女たちは店内の様子を始め、天井や壁の写真を楽しそうに撮り始めた。

「ここ、とってもいい。古都って感じ。あそこのカウンターも良くない？」

「うん、こういう古い日本酒のお店、いかにも常連さんだけって感じでちょっと勇気がいったけど、実際、入ってみると、あたたかい感じがして、ほっとするね」

「だね、入りにくかったけど、すごくいい。落ちつく」

耳に入ってくる会話。内装を褒められると心が浮き立ってくる。

そーよそーよ、いい感じでしょ、わたしががんばったのよ――と心の中でちょっと自慢。

あたたかさと居心地のよさは沙耶の目指している空気感である。

(入りにくい……常連さんだけ……そこが次の改善点かな)

沙耶がリノベーションを手掛けたのは内側だけで、外は、のれんを新しくしただけで昔のままだ。

敷居が高いイメージを与えているとは思わなかったけど、今度、じっくり自分の目でたしかめよう。

「――はい、こちらでいいですか」

「ありがとう。わあっ、紙袋もお洒落――」

「うん、すごくいい」

柚子酒のような、定番商品以外のものにと作った天舞酒造の紙袋は、最近、沙耶が新しくリニューアルしたものだ。

ラベンダー色の紙袋に、オフホワイトの白抜きで羽が舞い、かわいい書道の書体で「天舞酒造」と印刷されている。そこにオフホワイトのサテンのリボン。評判がいいのでとても嬉しい。

尤も、定番商品は老舗相手のものが多いので、もう少し重みのある渋い包み紙にしているが。

「もうすぐ日本酒の蔵バルも始めるので、よかったらまたきてください」

沙耶は印刷したばかりのチラシを手渡した。

「蔵バル？」

「古い土蔵をリノベーションして、ここの商品を一杯ずつから飲めるようなお店をオープンするんです。紅葉のシーズンくらいから始められたらと思っています」

「紅葉？　わあ、じゃあ、また京都旅行にきたら寄りますね」

「うん、土蔵のバルなんてお洒落」

女の子たちは、柚子酒のセットとチラシを手に店をあとにした。

「わっ、やば、もうあと十五分しかない。急がないと」

奥の土蔵にむかうと、新堂がちょうどカウンターに日本酒を並べているところだった。

職人さんたちの姿はない。

この土蔵には、「天舞酒造」の店舗の横の戸口から入り、飛び石ふうになった幅一メートルほどの土間を数メートル進んだ先にある中庭の横を抜けて着く形になっている。

建物自体は、八畳ほどの大きさなのでそんなに広くはないのだが、日本の古い土蔵特有の高い天井のおかげで狭さは感じない。

店内は檜《ひのき》の四角いテーブルと小さな木製のスツールが五つ。木製の床に、漆喰《しっくい》の壁に作った棚には『天舞酒造』の酒の瓶がずらり。

中間照明が壁側から淡く当たるようにして、全体的にしっとりとした日本家屋特有の陰影を感じられる空間にした。

土蔵の戸は黒く塗り、ガラス戸との二重扉にして、小さな京都の奥庭が眺められるようにしている。

中庭はほっそりとした竹や小ぶりの紅葉、それから鹿威《ししおど》しのついた手水鉢《ちょうずばち》と石灯籠《いしどうろう》で京都らしい雰囲気を表現してみた。

リフォーム会社での経験を生かし、沙耶が自分で造ってみたのだ。我ながらなかなかの出来だと思う。

「沙耶さんは？　新作のスイーツを作ると言ってませんでした？」

一通り、カウンターに並べたあと、ちらっと新堂が視線を向けてくる。

「え……ええっと……」

沙耶はマスクの下で苦笑いした。

秋の味覚とあうような、栗や洋梨を使ったスイーツに挑戦しようとしてみたのだったが、どうしても綺麗な見た目にならなかったので全没にしてしまった。

「もしかしてこれ？」

新堂が土蔵のカウンターの奥に用意した冷蔵庫から洋梨といちじくのゼリーの入った器をとりだす。

「あっ、そ、それは失敗作で」

カットフルーツが大き過ぎたためにゼリーがうまく固まらなかったのだ。ぐちゃっとした見た目になったので、お客さまには出せない。

「いいじゃないですか、すごくおいしい。これ、『天翔の舞』の小瓶のものを二滴ほど足したんですね。いいアクセントになっていますよ」

すごい、その通りだけど、よく配分までわかるものだと感心してしまう。

「これくらいかなーと思って、適当にやったんだけど」

「本当ですか？　計算され尽くしたかのような感じですよ。一滴だと印象に残らず、三滴だと果実の風味を殺してしまう。ちょうどいい配分だと思います」

さすがだ。などと言ったら、プロに失礼か。

「よかった。そんな気がしてたの」

沙耶がテヘッと笑うと、新堂はつられたように笑った。

「やっぱり、沙耶さん、野生児だ」

「え……」

「あ、いえ。あとは盛りつけですね。これ、こうしたらいいですよ」

新堂はスプーンで形の悪いゼリーをくしゃくしゃに潰して、ガラスの器に入れ直し、ジュレのようになったそれの上にちょうどカットフルーツが感じよく載るようにして、上にふわっと酒粕でつくった生クリームをトッピングしていった。

手先が本当に器用だ。酒麹のおかげなのかどうかわからないけれど、新堂の手は白くてとても肌理が細かい。その上、指も細くて長い。見ているだけでドキドキしてしまう。

丸っこくて紅葉まんじゅうみたいな自分の手が恥ずかしくなって、自分でも気づかないうちに沙耶は割烹着《かっぽうぎ》のポケットに手を突っこんでいた。

「すご……これなら見た目が綺麗だ」

「せっかく作ったんだから、これも出しましょう。ラップをかけて、もう一度、冷蔵庫に入れておきますね」

「ありがとう」

無駄にならなくてよかった。沙耶がほっとしてカウンターに並んだ料理を眺めていると、新堂がポンと背中を叩いてきた。

「さあ、あと十分ほどで招待客が来ますね」

「あ、そうだ、急がないと」

「沙耶さんも着替えてください」

「えっ、着替えるの？」

「これ」

周りに人がいないのを確認したあと、新堂はどこからともなく小さな紙包を渡した。

「わあ、すごい」

中から出てきたのは、白と紫の市松模様のエプロンだった。

和柄。大正時代の女子高生のアニメかドラマで見たことがあるような。それと臙脂《えんじ》色のリボン付きシュシュ。これも市松模様で、着物とお揃いの生地だ。

「誕生日でしたよね？」

「え……」

「秋に生まれたって。たしか十五夜の綺麗な月の夜に生まれてとかどうとか」

「……」

違うけど……。どうしてそんなことになったのだろう……ときょとんとしたあと、沙耶はハッとした。

「あ……それ、ソラくんだ。彼……生後半年くらいのときに出会ったんだけど、獣医さんが九月くらいに生まれた猫じゃないかなって言ってたから、わたし、勝手にそのくらいが誕生日かなって……」

ソラくんとは、沙耶の飼い猫だ。しかも本当に九月かどうかわからない。秋生まれということだし、子猫のころ、目がまんまるでお月さまみたいだから、十五夜の綺麗な月夜に誕生したと設定したのだ。

「……」

新堂が複雑な顔をして、さっと手にしていたエプロンを身体の後ろに隠そうとする。沙耶はとっさに手を伸ばした。

「待って。ありがとう。もらってもいいよね？」

「じゃあ、蔵バルのリノベーション記念に……ってことで」

「嬉しい。こういうの、欲しかったの。本当にありがとう」

沙耶がマスクをとって微笑すると、新堂とちょっと照れたように視線をずらして「なら、よかった」と息をつく。

「じゃあ、今日はこれをつけるね」

今日は和風のピンク色の縞模様の着物を着ていた。このエプロンをつけ、天舞酒造の三角巾をつけるとよくあう。

「髪も伸びてきたし、とってもいい感じ」

ふわっと伸びた髪をゆるく片側に結んでまとめ、同じ色の市松模様のシュシュで留めると、元気なだけが取り柄の、土佐女子の自分が、ちょっとはんなりした雰囲気の京女になれたような感じで嬉しくなる。

そんな沙耶を、新堂はマスクをとって意外そうな眼差しで見ていた。

「どうしたの?」

「え……いや、惚れ直し……じゃなくて、馬子にも衣装という諺《ことわざ》を思い出して」

沙耶は苦笑いした。

この半年で彼の性格は何となく把握してきた。

それ、一応、最大限の褒め言葉だね——と言うのはやめておこう。

典型的なツンデレというか、ストレートに言葉を伝えるのがとても苦手そうだ。だから誤解されることも多い。実際、最初は沙耶もイケズな京男子だと思っていた。

でも本当はただただ酒造りのことで頭がいっぱいの職人さん。まじめで無骨《ぶこつ》。優しい人だというのは知っている。

「ありがとう、じゃあ、鏡でもう一度チェックしてくるね」

店から出て、土間に行くと、壁の鏡にちょっと顔を赤らめている自分がいた。

そうか、新堂さんだけじゃなくて、わたしも照れているんだ……。

恥ずかしい、どこの思春期カップルだよ……と、心の中で自分に言い訳をしていると、
みゃおん……と沙耶の足元ではソラくんが切なそうに鳴く。

その隣でお座りしている吟太郎《ぎんたろう》もじっと物言いたげに沙耶を見あげている。

秋田犬の吟太郎は、新堂の愛犬だ。

そもそもこの子を助けたのがここでの生活の始まりだった気がする。

半年前はまだ抱っこして簡単にもちあげることができたが、最近はソラくんの何倍も大きくなってしまった。

布団の上げ下げをするくらいの腕力がいる。

「大丈夫大丈夫、ちゃんとあんたたちの分もあるから」

お客さんがくるまで、あと十分。その間にこの子たちにもご飯をあげておこうと、沙耶がフードの用意をしていると、なぜか新しい料理を持って新堂が現れた。

「はい、これ、追加で」

「え、まだあったの？」

「こっちは長芋の煮物とレンコンの竜田揚げとサンマの塩焼き。柚子胡椒《こしょう》を添えています。

こっちは鶏肉です。今のままだと精進料理っぽかったので」

すごい。さすがだ。

「こんなに作って、結婚式のようね。今日のお客さんて、内輪だけなのに？」

「でも大事ですよ。どの料理がどの酒にあうかもたしかめられますから」

それはそうだ。たしかにいろんな意見が知りたい。蔵バルのメニューを考えるときの参考にもなるだろう。

「お邪魔します。わあ、ええ匂い。すごい料理やなあ」

隣のお寺のおばあさん——紫子《ゆかりこ》さんの声が店の方から聞こえる。

彼女の孫でお隣の住職の純正和尚《じゆんせいおしよう》と、今日から寺の修復に入るという若い宮大工の職人さんも招待した。まだ会ったことがないけど、リフォームのアドバイスとかしてもらいたいなと思っていた。

店の方がざわざわとし始めている。今日は、他にも裏の美容院のお姉さん、職人頭の八《はち》田《た》さんの息子さん夫婦、取引先や顧客、西陣織の織元の若旦那等々、ご近所でお世話になっている方々も含めて二十数人招待していた。

蔵バルでの店内だけでは狭いので、庭先にも床几を用意して、灯籠の明かりで仄昏《ほのぐら》い感じを楽しめるようにしている。

新堂のあとを追うように沙耶は急いで着物の襟元とエプロンをチェックし、蔵バルへとむかった。

「いらっしゃいませ」

笑顔で沙耶が現れると、隣のお寺の住職――純正和尚とその祖母の紫子さんが目を開けてこちらに視線を向ける。

えっ、なにかおかしかっただろうか。

「まあまあ、沙耶ちゃん、素敵な髪飾りとエプロン。このバルにぴったり」

紫子さんがニコニコとして近づいてくる。

「そうですか、ありがとうございます」

ああ、たしかに、この内装とあっている。それも考えて選んでくれたのだろうかと、ちらりと沙耶は新堂に視線を向けた。

彼はお客さんたちに挨拶することもなく、カウンターのむこうで酒のボトルを順番に並べている。

沙耶は代わりに彼らを案内した。

「ゆっくりしていってくださいね。今日は、人数を考えて立食にしていますが、普段は着席のお店なので。お疲れになったら、壁際のお席か、お外の床几に」

「おおきに、そうさせてもらうわ」

紫子さんは、奥にいた八田さんに挨拶に行った。

新堂さんにもっとお客さんに挨拶するよう、言わなければ。瓶を並べるのは職人さんに頼めばいいんだし。

などと思いながらカウンターに向かおうとすると、黒い法衣に辛子色《からしいろ》の袈裟《けさ》を身につけた純正和尚が沙耶の肩をポンと叩いてきた。

「沙耶ちゃん、めちゃくちゃお洒落な店やん」

今日もとても綺麗だ。僧侶なのにさらさらとした金髪にしている彼は、隣に建つ久遠寺《くおんじ》というお寺の住職だが、母親がフランス人だとかで、アンティークドールのような綺麗な風貌をしている。色素の薄い目が魅惑的だ。

「すぐるんが一日中こもりたくなるって自慢していただけのことあるわ」

外国風の外見に、この生粋《きっすい》のはんなりとした京言葉と黒い僧服が妙にマッチしているのが不思議だ。

「新堂さんが自慢て、本当に？」

「うん、沙耶ちゃんの内装には、独特のあたたかみがあるって。居心地がよくて、ふわふわした気持ちになる。こう、じわっと肌に染みいる陽だまりのようだとか」

それ、どうして本人に言わないのよ、いい感じという言葉しかもらってないよ――と内心で苦笑しながらも、胸の奥が優しいぬくもりに包まれていくようだ。

「そっか、良かった、新堂さん、そんなふうに思ってたのか」

沙耶はふわっと微笑した。

でも、こういうのも悪くないと思い直す。面とむかって真顔の新堂に誉められたら照れくさくて、恥ずかしくなって、その言葉を冷静に受けとめられないかもしれないから。

「そうそう、うちで働いている若い宮大工の月《つき》ちゃんも、その話を聞いて、蔵バル、見たいって言うから、あとでくるように言ったけど、良かった？」

「いいですよ」

そういえば、本堂の奥を修復するらしく、この前、行ったとき、工事用のネットかなにかがあったのを覚えている。

「その宮大工さんが月ちゃんっていうの？」

「そうや。なかなかいい腕をしてるよ」

「でも若いのよね？　そんな呼び方してるってことは」

「そう、二つ年下。沙耶ちゃんと同い年かな」

同い年なのに、寺の修復ができる宮大工なんてすごい。

「酒に目がなくて自制心がないやつやから、酔いつぶれないよう、気をつけないとダメなんやけど」

「その言い方、なにかお兄さんぽいね」

「ちょっと頼りなくてな。……あ、こっちのことはええ。それより、何なん、あんたら、全然進んでないみたいやないか」

「え……」

「いまだに、すぐるんのこと、新堂さんて呼んでるん？」

袂に手を入れたまま腕を組み、肩を寄せるようにして興味深そうに問いかけてくる。

「……変？」

沙耶は上目遣いに純正を見あげた。

「変やん。すぐるんは、遠野さんから沙耶さんになってて、ちょっと他人行儀やけど、まあ少し進んでる感じやと思ったのに、沙耶ちゃん、まだ新堂さん呼び？」

「……なんか今更、恥ずかしくて」

「あああ、なんか幼稚園児みたいやな、あんたら」

ハハハと沙耶は苦笑した。

一度だけ、いや、正式には二回だけだ。「沙耶」と彼が呼び捨てにしたのは。

それからはずっと「沙耶さん」――まあ、それはそれで新堂らしくて気に入ってはいるのだが。

純正と話をしているうちに、招待客が集まり、試飲会を始めることになった。

「新堂さん、音頭《おんど》をお願いします」

「え、ええ、はい。あ、では、挨拶を。今日はお越しくださいましてどうもありがとうございます」

「新堂さんのお酒、あいかわらずさっぱりして飲み心地がいいね」

「うん、軽くてさわやかな感じ。ご飯を食べながら楽しめるのがいい」

老舗の料亭の店主たちが「ひやおろし」を飲みながら感心したように言うのが沙耶の耳に入ってくる。

いただいた名刺と挨拶をしたときの顔を照らし合わせながら、忘れたり間違えたりしないよう、こっそりとカウンターの裏でふせんに特徴を書いて名刺の裏に貼って大切にしまっておく。

（ええっと、あの一番向こうの男性は、最初に挨拶した京の有職《ゆうそく》料理のお店の店主と料理長、それからあっちは、ええっと神社の関係者で……）

あとでちゃんと毛筆で、それぞれ手書きでのお礼状を書かなければ。

そういうときは季節の絵が描かれた和紙のハガキがいいらしい。

店の商品のチラシを同封した封書や、お酒の写真入りのハガキに一筆添えるような形ではなく。

さりげなくも細やかな心遣いが長い付き合いにとってとても大切らしい。ということを、お隣の紫子さんが教えてくれた。

（まだまだ足りないところがあるけど……だいぶマシになったかな）

さて、そろそろお土産の柚子酒のセットの数を確認しておいたほうがいいだろう。

沙耶はそっと蔵バルの外に出て、床几に座っているお客さんたちにそれと気づかれないよう、そっと奥庭を抜け、土間の平台に柚子酒の袋を並べ始めた。

そのとき、奥庭のあたりからふっと冷ややかな声が聞こえてきた。

「……アホらし」

吐き捨てるような、冷たい男性の声だった。

え……。

見れば、初めて見る若い男性が土間から出てすぐの、奥庭の手水鉢のあたりでひやおろしの入ったショットグラスを口にしていた。

アッシュパープルの長めの前髪、襟足はすっきりしているが、顔半分を隠している。紫色の襦袢が透けて見える絽《ろ》の黒い着流し。銀と紫の細帯。それに黒い下駄。

弥勒菩薩《みろくぼさつ》のような美しい和風の目鼻立ちだが、舌先でグラスの中身を舐めながら、奥庭を見ている眼差しはとても冷たい。

こんなお客さん、いた？　カタギには見えないが。

「……純正さん、オレ、もう帰りますわ」

袂からするっと扇子をとりだして広げると、男はパタパタと自分の顔をあおいだ。すると奥庭にいた純正が彼に歩み寄っていった。

「え……月ちゃん、きたばっかりなのに、もう？」

月ちゃん——ということは、この人が、さっき、彼が話していた宮大工さん？

「好きになれませんねん、あの男」

冷ややかに呟きながら、彼が上目遣いで視線を向けた先にいるのは、床几の前で客と話をしている新堂だった。

「何で？」

「理由なんて必要なんすか？」

片頬をあげ、歪んだ笑みを見せる姿に背筋にぞくっと寒気が走る。明るい極楽に、いきなり閻魔《えんま》様《さま》のお使いが現れたのかと思うような冥《くら》い風情だった。

どういうこと……。

「あかんなあ、月ちゃん、人見知りで」

「ああいうやつ、苦手なんすよ。いかにも職人ですって感じがして」

「しゃあないやん、職人なんやから」

「そのわりに毒も薬もない感じしません? なんつーか、つまらん男っていうか。そやから、酒の味もそんな感じで……さっぱりしすぎて味気ないんですわ、何の色気もあらへんでしょう、料理に合う酒なんて邪道《じゃどう》や。誰に媚びてるんですか。そんなのほんまの酒やないでしょう」

ふっとあざけるように笑って、その宮大工はグラスを手水鉢の上に置いた。

「……」

沙耶は驚いてじっと二人を見つめた。暗がりになっていて、あちらからこちらは見えないらしい。

毒にも薬にもならない、つまらん男、さっぱりして味気ない。そんなふうに新堂のことを口にする人間は初めてなので驚いた。

たしかに、彼のお酒は飲み口がさわやかで軽やかだ。だからこそ、おいしい料理と一緒に飲むのが最高だ。それが邪道というのは？

「そうかな、おいしいやん。ぼくは、こういうお酒のほうが飲みやすくて好きやけど」

「おいしい。けど……おいしいだけの酒なんて、この世に山ほどあるやないですか。もっとこう……オレは……内側にぐさぐさくるような、甘い毒のような、昔でいえば、脳まで痺れさせる阿片《あへん》のようなすごいのが飲みたいんですわ」

「阿片て……飲んだこともないくせに」

「もののたとえですわ。こんな極楽浄土一直線のようなお酒……興味ありません。オレをめちゃくちゃにして……地獄に引きずりこむようなお酒、探してください」

地獄に引きずりこむって……何なの、この男。

沙耶は引きつった顔でその場に立ち尽くした。

「てことで、オレ、帰りますから」

純正にくるっと背を向け、男は下駄の音をカツカツと鳴らしながら、土間にやってきた。そこにいる沙耶を見ることもなく、カツカツと音を立てて玄関へと向かう。

沙耶はハッとした。

「待ってください……これお土産の柚子酒なんですけど、よかったら」

あわてて玄関まで追いかけ、小さな紙袋を手渡すと、その月ちゃんという男性は目をすがめてじっと見つめてきた。

「へえ、奇特な店ですね。貶《けな》した相手にもお土産くれるとは」

聞いていたこと、気づいていたらしい。

「でもおいしいって」

「おいしいのはおいしいけど……」

「なら、どうぞ」

四の五のいわせず、沙耶はその若い宮大工の胸に柚子酒の袋を押しこんだ。ムッとした顔で睨みつけられる。

「おいしいですよ」

同じようにじっと相手を睨みつけて言う。ここで引きさがると、新堂の酒が貶されたままのような気がして嫌だったのだ。

するとと視線をずらして彼は息をついた。

「おおきに」

断られるかと思ったが、紙袋を受けとり、カツカツと音を立てて去っていく。黒の着流しに、裸足に黒い下駄。裏は赤い。

その不思議な雰囲気が印象的で、沙耶は彼が久遠寺に消えるまで戸口でぼんやりと見ていた。

そのあとはめまぐるしい時間が続いた。いろんなお客さんへの挨拶、酒の注文の整理等々。

「沙耶ちゃん、少し休憩してええよ。だいぶお客さんも帰ったし」

職人の一人——カオルさんから言われ、沙耶は少し奥で休むことにした。四十過ぎの彼は、杜氏の中では二番目にキャリアが長い。

「じゃあ、お言葉に甘えて」

いいのかな、休憩しても……と思いながらも、着物の帯をかっちり結んでしまったせいか、さすがにちょっと苦しい。

「ふぅ。だいぶ慣れたけど……まだまだダメだな」

畳の部屋に座り、沙耶はそこにいたソラくんを抱きしめた。きゅんきゅんと鼻を鳴らしながら吟太郎も近づいてくる。

甘えてくるのがかわいくてしょうがない。

こうしていると京都の古い町家で暮らすことができるなんて本当に幸せだと思う。ずっと憧れていた生活だ。

京都のこうした古い家を自分で綺麗にリノベーションして、大好きな家族と一緒に楽しく暮らす……というのが沙耶の夢だった。

ささやかな夢。

それがかなったような、かなっていないような……。

もふもふした被毛を撫でながら、ギュッと二匹を抱きしめ、沙耶は大きく息をついた。

今日は思った以上に疲れてしまった。

最初は気合を入れていたけど、誰がどこの誰なのか、だんだん区別がつかなくなってしまって笑顔をむけるだけで精一杯だった。

おかげで疲労感が肩に重くのしかかったように、こうしていると身動きをとるのすら辛くなってくる。

（わたし……ここでやっていけるのかな）

沙耶はエプロンのポケットから名刺入れのケースを出して、パラパラと眺めてみた。

「む、むずかしい……むずかしすぎる」

一応、予習はしておいたが、一人だけならともかく、料理屋さんは店主と料理長と女将さん等いろいて、神社なら神主さんとその奥さんの他にも氏子代表もいて、お寺は住職と副住職と寺嫁さん、檀家さんなどがいる。

能楽関係者も宗家夫妻と若宗家だけでなく、笛の能管、太鼓の関係者がいたし、呉服屋さん、老舗のお味噌屋さん、漬物屋さん、京友禅職人、西陣織職人、かんざし、それから花街……。

あまりにも覚えることが多すぎて、途中でこんがらがってしまった。

しかも店名や神社仏閣の名前もふつうに読めないようなものばかりで、あとで調べようとは思うものの、もしかして失礼なことをしていたらどうしよう……と想像すると、事実をたしかめるのも怖くてドキドキする。

少しは勉強したつもりでいたけど、京都の町——あまりにも奥が深くて、名前の読み方だけではなく、お寺の宗派、神社の守神もまったくわからなくて頭の中を「?」がとびまわってしまった。

それからお酒とご縁のあるあちこちの老舗の話をされてもちんぷんかんぷんだった。頭の中が混乱して、変な幾何学模様《きかがくもよう》が踊っているような感じだ。

沙耶はきょとんとした顔でこっちを見ているソラくんを抱き直し、いつしか眠ってしまった吟太郎の背をそっと撫でた。

「ダメダメ、ネガティブになったら。わたしらしく、前をむかなきゃ」

と、気合を入れたそのとき、土間のほうから女性と新堂の声が聞こえてきた。

「……今年のひやおろし……なかなかええ味どしたなあ。これ、また注文させていただきますわ」

障子戸越しでも、言葉遣いで京都のどこの人なのかなんとなくなら、わかる。

京都の北の花街——上七軒《かみひちけん》の御茶屋さんの女性だ。たしか名前は『琴乃葉《ことのは》』さん。

上七軒とは祇園と同じような場所のことだ。

北野天満宮の近くにある一角で、芸舞妓さんたちが歌ったり踊ったりする料理屋さんである。

　地域的なご縁が深いので、今日も数軒の代表を招待している。

「ありがとうございます。琴乃葉さんにそう言っていただけて光栄です」

　やっぱり琴乃葉さんだ。

「新堂さんの新しい奥さん……沙耶さんでしたっけ。あの人、なかなか肝がすわってはって感心してましたんえ」

　あ、自分の話題だ。沙耶は障子ににじりより、そっと聞き耳をたてた。

「あ、まだ正式には。今、婚約中なので」

「そうなんや、婚約って……新堂さん、すごいなあ、ほんまに。あの人と結婚する気あらはるんやなあ」

　語尾を伸ばしてしみじみと彼女が言う。何となく京言葉のいやーな気配を感じ、沙耶はソラくんを抱っこしたまままさらに障子に耳を近づけた。

「それ、どういう意味ですか？」

「こういう老舗には、あのお嬢さん、元気すぎはる気がして……新堂さん、なかなか勇気があるなあと思って」

　おっとりはんなりとした言葉に含まれた皮肉のように聞こえなくもない。

「あ、でもこれからの時代は、あのくらい健康的で、あっさりしてはって、おおらかなお人のほうが老舗の女将にはええかもしれまへんなあ」

まったりとしたテンポの、やんわりとした京言葉は、一見、優しそうに聞こえるが、その意味を考えるとゾッとすることがある。

(これ、つまり……けなされているのよね……わたし)

沙耶は知らず口元に苦い笑みを浮かべていた。

訳すとこうだ。

驚いた、本当に結婚する気があるなんて信じられない。きちんとしたお店にしては、元気すぎる、つまり上品ではなく、ガサツだということだ。

あっさりというのも褒め言葉ではない。きちんとした丁寧な挨拶ができていなかったということだ。自分でもそれはうっすらと感じていた。

「わたし……むいていないのかな」

新堂さんによくやっていると褒められ、ここの職人さんからも久遠寺さんからもご近所さんからもいい感じに思われていると信じてきたけれど。

もしかして、本人がわかっていないだけで、全部が全部、京都人的な「お愛想《あいそ》」だったらどうしよう。

そんな不安を覚えながら、沙耶はソラくんを抱きしめ、ゴロンと畳に横たわった。

これからいよいよ本格的な酒造りが始まる。

いわば、酒蔵としての本気の季節になるのだ。自分の力が試されるだろう。

わたし……やっていけるかな。

夢のような契約結婚の「かりそめ婚」から本物の結婚、この家の本当の住人に……。

「……沙耶さん、だめじゃないですか、そんなところでうたた寝していたら風邪を引きますよ」

新堂の声に、沙耶はうっすらとまぶたを開けた。

「ん……」

気がつけば、おくどさん（台所）前の畳でいつのまにかうたた寝をしていたらしい。吟太郎とソラとが沙耶をはさむように身体をすり寄せて眠っている。

「あ……新堂さん、お疲れさま。わたしも手伝うね」

台所の食洗機を調節している新堂に気づき、沙耶はゆっくりと身体を起こした。

「いいですよ、今日はみなさんの相手をして疲れたと思いますから」

「それは新堂さんも同じじゃない」

「おれは慣れていますから、毎年のことだし。でも沙耶さんは初めてでしょう？」

まあ、たしかに言われればその通りだ。

「さあ、これでも飲んで。二人分、残しておいたので食べましょう」

新堂は冷蔵庫の冷たいお煎茶をいれて沙耶に湯飲みをさしだした。

「ありがとう」

食べましょうとはどういうものかと思っていれば、新堂が出したのはお月見用の団子だった。

里芋のような形の白いお餅をこしあんでくるんだ関西風の月見団子だ。

「わあ、どうしたの、これ。堀川今出川《ほりかわいまでがわ》のところの、あの老舗のおいしいやつだ」

「帰りぎわ、紫子さんがスタッフのみんなにって。それぞれ一個ずつ分けました」

沙耶はハッとした。

「あっ」

ひやおろしの試飲会が終わって招待客が帰ったあと、掃除の前に、スタッフ……といっても、ここの職人さんと純正和尚と紫子さんだけで、軽くお茶漬けでおひらきをしているうちに、睡魔が襲ってきて沙耶は奥にきて横になったのだ。

十分ほど仮眠するつもりが一時間近く寝てしまったらしい。

「お店は?」

「みんなで綺麗にしましたよ」

「わあ、ごめんなさい、わたし、寝てしまって……」

やってしまった……大失態だ。紫子さんと純正和尚にお礼のご挨拶もお見送りもできなかった。

「いいですよ、それより今日はよくやってくれて本当にありがとうございます」

「そんなの当たり前じゃない。紫子さん、片付け、手伝ってくれたの?」

「それは丁重にお断りしました。でも食器の一部を少しこちらに運んでくださったので、週明けにでもお礼に行ってください。来週、久遠寺さんで彼岸会の準備がどうのとかおっしゃっていたので、週明けからずっといらしているでしょう」

「わかったわ」

もうしわけないことをした。

「彼岸会か。お隣、なにかやるの？」

「お彼岸の行事は春と秋の二回やってますよ」

「それはわかるけど、どんなことを？」

「他の仏教宗派のことはよくわかりませんが、お隣は真言宗なので六波羅蜜行《ろくはらみつぎょう》というのをしていますよ。ご先祖さまの供養を通して、行を実践するとかしないとか」

「あ、やっぱりご先祖さまの供養が入っているんだ」

「そう、うちも酒をお供《そな》えしていますよ。週明け、『さやの息吹』の一升瓶を持っていってください。新しく入られた職人さんが気に入られているらしいので注文があったんです」

「へえ、そうなんだ」

新しい職人？

あのちょっとツンとして綺麗だけど派手な、感じの悪い人？

（さっぱりして、好きになれないと言ってなかった？　毒にも薬にもならないって）

それなのに注文する？

沙耶は小首をかしげた。いや、それなら別の宮大工かもしれない。

「どうかしました？」

「あ、あの……」

あんなネガティブなことは新堂の耳に入れてはいけない。沙耶はにっこりと微笑した。

「うん、わかった、月曜にお隣に届けるね。でもごめん、手伝えなくて。起こしてくれたらよかったのに」

「吟太郎やソラくんも気持ちよさそうに寝ていたので」

「つまり犬と猫を起こしたくなかったということ？」

「冗談ですよ。さっきも言いましたけど、沙耶さんにはすべて初めてのことだったから」

ふわっと笑う新堂の顔を沙耶はじっと見つめた。いかにも職人というぶっきらぼうなところはあるけれど、時々、こんなふうに気遣いを示してくれる。本当に優しい人だ。

「そうね、準備中にテンションあがって、お客さまの前でもずっとあがったままでさすがにちょっと疲れてしまった」

もう二十歳のころのように無理が利かないかもしれない……と、冗談めかして言う沙耶の頭を、新堂は軽くポンとなでた。

「じゃあ、おれはそろそろ寝ますね。早起き……そろそろ復活させないと」

復活といっても、今も吟太郎の散歩のため、六時には起きている。

けれど酒の仕込みが大変な時期になると、新堂を始め、職人は六時前には作業を始めるのだ。

「月末は松尾さんと梅宮さん、それから奈良の大神神社にも行くので、またよろしくお願いします」

松尾さんとは松尾大社、梅宮さんとは梅宮大社。どちらも西のほう……嵐山方面にある神社だ。

「お酒の守り神の神社ね。楽しみ」

こういう神社は、何となく親しみを感じてしまう。神社にはいろんな神様がいる。それをたしかめるのも楽しいのだが、京都にはまだまだ神社がたくさんあって全然追いついていない。

「行ったことあります？」

「ううん……どっちもない」

沙耶は首を左右に振った。

「そうか、お寺さんや神社、あまり知らないんでしたね」

「ごめん、まだちょっとしか行ったことなくて」

「謝ることないですよ。仕事柄、おれはつきあいがありますけど、ふつうはそんなによく行く場所でもないですし」

そう言われ、もうしわけない気持ちになってきた。

この店の女将になるのには京都の神社仏閣とのおつきあいもできるようにならないといけないし、年中行事も当然のようになじんでいたほうがいいのだと思う。

「やっぱりちゃんと勉強しないとね」

「勉強って？」

不思議そうに新堂が片眉をあげる。

「わたし、全然京都のこと知らないから。もっといろんなこと知りたくて」

「京都検定でも受けるんですか？」

さも意外そうに言われ、沙耶は首を左右に振った。

「えっ、そんなの受けないよ」

「それなのに、どうして勉強なんて」

「だって、くわしいほうが良くない？」

「どうして」

「えっ、どうしてもこうしても……このお店の顧客、そういう関係者が多いから、ちゃんと知っておいたほうがいい気がして」

いちいち説明しているうちに、なんだか必要とされていない気がした。

「沙耶さん、知っているほうだと思いますよ」

「ううん、全然知らないよ」

京都に住むようになって何年か経ったけれど、沙耶はそんなにくわしくない。

古い神社仏閣が人々の住空間に当たり前に溶けこんでいる風景が好きで、最初のうちは休みのたびに街歩きをしていた。

けれど知らない街でのひとり暮らしというのは思っていた以上に大変で、会社と社宅を行ったり来たりするだけでいっぱいいっぱいになり、少しずつ街歩きをする時間も体力も失われていったように思う。

前に勤めていた会社の近くにあった北野天満宮ですら、足を踏み入れたのは一、二度。

「そのうちいやでも覚えますよ。ずっとここにいれば」

ずっとここにいれば……。

いいのかな、いいんだよね……。沙耶は視線を落としてすやすやと眠っているソラくんの背を撫でた。

「あの……あのさ……ずっとここにいても……いいんだよね、わたし」

新堂が「えっ」という顔をして沙耶の横顔に視線をむける。

「もしかして……いたくないんですか？」

心配そうに問いかけてくる。

「え……まさか。どうしてそんなこと」

「あ、いえ、やっぱりこの家、住みづらいし」

「いや、それはない。ここ好きだし。ただ……いたら……まずいのかな……なんてちょっと思ってみたりして」

何となく気まずい雰囲気になる。

相手の気持ちをたしかめたくて問いかけたのだが、もしかすると誤解されたかもしれない。

「まずいって、どうしてそんなこと」

新堂が目を細め、同じことを訊いてくる。

「あ、ううん、ええっと……何となく口にしただけだから聞き流して」

「でも」

「本当に何となくで……意味はなくて」

沙耶は笑顔を見せたが、新堂の表情は変わらない。

沙耶から視線をそらして畳に寝そべっている吟太郎の頭をくしゃっと撫でると、小さく微笑した。

「明日も早いのでそろそろ寝ます」

声音が乾いている気がする。空気も何となく冷たい。

どうしよう。新堂の気持ちが知りたくて訊いたのだが、彼は彼で、沙耶がここにいたくないと思っているように勘違いしてしまったかもしれない。

でも……そうじゃなかったら……。

「沙耶さんは?」

「あ、うん、そうだね。わたしも寝る。おやすみ」

ほほえんだつもりだが、引きつったような口元になった気がしないでもない。

「では、おやすみなさい」

「じゃあ、明日、また吟ちゃんの散歩の時間に」

「はい、では」

ああ、うまく会話が流れない。特になにか問題というわけではない気もするけど、特にうまくいっているような気もしない。

タイヤが一カ所だけパンクした車を運転しているような、ちょっと変な感じ。

どうすればもっと自然になれるのか。

出会ったころは、酒造りのシーズンの後半だった。

夏までの間、あれよあれよという感じで、とにかくここでの暮らしをしていくだけで精一杯だった。

生活をこなすだけでいっぱいいっぱい。

夏休みの間もそうだった。

だからこれから先の自分たちのことを話す機会もなかったし、ゆっくりいろんなことをたしかめあうこともできていない。

それなのにシーズンに突入してしまうなんて。

ここまでの二人の気持ちをたしかめ、これからのことをちゃんと話しあっておきたかったのに。旅行もそう。

日常からかけ離れることで、細かな部分を確認しあえる気がしたのだ。

「……わたしの気持ちは……決まってるんだけどね」

沙耶は髪からシュシュをとり、指先にからませ、くるくるとまわした。

この想いは、ただ純粋にまっすぐなものだ。彼の気持ちも信じている。

けれどその背景、仕事もひっくるめて抱きとめることができるかといえばそこまでの自信はない。

責任と重み。わかっていたつもりでいたけれど今日、改めてそれを実感した。

米の収穫が終わったあたりから、そろそろ本格的な酒造りのシーズンが始まる。

それがどんなものなのか、まだここにきて半年ほどの沙耶にはよくわからない。

(いろいろ知識としては学んだけど……まだ全然実践としては実感ないのよね)

きめ細かな、繊細な作業が待っているらしい。

自分につとまるだろうか。

それ以前に、京都の古いお店の人間としてもっといろんなことを覚えていかなければいけないけれど、果たしてちゃんとできるだろうか。

2　たゆとうとも進まず

週明け、さわやかな秋晴れの日、久遠寺を訪れると、彼岸会《ひがんえ》のための花だろうか、紫子さんが菊の鉢をあちこちに並べていた。

さほど広くない境内《けいだい》ではあるが、土壁に沿うように深紅の曼珠沙華《まんじゅしゃげ》が群れ咲き、ここが京都の市街地であることを忘れてしまいそうな風情が漂う。

「まあまあ、沙耶ちゃん、わざわざお礼の挨拶なんてよかったのに」

秋らしい銀紫色の着物がとても素敵だ。赤レンガ色のススキ模様の帯とよくあっている。

「いえ、寝こけてしまって恥ずかしいです」

紫子さんのしっとりとした姿を見ていると、まだ昼間は暑いからと、麻素材の薄い水色の着物を着た自分が恥ずかしくなってきた。

「この前は、お客さんのお相手で疲れたんでしょう。初めてのことばかりだから」

「本当にすみませんでした、これ、新堂さんからです。ここに置いておきますね。職人さんが『さやの息吹』をご所望とうかがったので」

沙耶は新堂からあずかった一升瓶の酒を棚に置いた。

「それからこちらは、紫子さんに。試作品なんですけど、洋梨酒です」

小振りの半透明の白い瓶に、ペパーミントグリーンで洋梨の絵が描かれた白いラベル。上品で愛らしい雰囲気になっている。

柚子酒の評判が良かったので、沙耶が提案して作った試作品だ。季節の果実で日本酒にあいそうなものを試してみることにしたのだ。

これまでは定番商品の制作だけでいっぱいいっぱいで、せいぜい梅酒と柚子酒と甘酒くらいしか思いつかなかったらしい。

「洋梨のお酒なんて素敵」

「甘みは抑えめで、果実の味が引き立つようになっています。アルコール度数も低くて、軽口で飲みやすいんで、ぜひ。多分、この秋の限定商品のひとつにしていくと思います」

「おおきに。遠慮なくいただきます」

ふんわりと微笑したあと、紫子はハッとしたように沙耶の肩に手をかけた。

「そうそう、菊の花の鉢、もらっていって。お店に飾ってちょうだい」

「いいんですか？」

「見て、今が見頃でしょう？」

紫子は菊の鉢を整え、しみじみとした眼差しで見つめていた。

本堂の前に仮設の設置場所が作られ、淡いピンク、濃い黄色、純白、それからオレンジがかった赤等々、大輪のものから小ぶりのものまで、品評会のようにずらりと置かれた姿は夢のように美しい。

「綺麗ですね。それに甘い香りがしますね」

何だろう、清々しくも甘い芳香がして心地よくなってくる。

「あ、香りといえば、そうそう、これ、沙耶ちゃんたちにあげようと思って作ってきたの。枕カバー用の菊やけど、すぐるくんと一緒に使って」

紫子さんはふわふわとした風呂敷に包んだ菊をポンと沙耶に手渡した。

「え……枕カバー？」

紫色の風呂敷の下から、ふんわりと清雅な菊の香りがしてくる。息をしただけですっと全身が浄化されるような心地よい香りだ。

「菊は不老長寿の花、繁栄の花と言われてめでたいの。ちょっと菊の節句も終わってしまったけど、菊の花を枕カバーに入れて眠ると、やさしい香りが夏の疲れを落としてくれるそうよ」

「そうなんですね、素敵」

「でしょう？　夏の厄を落とすとも言われているんよ」

夏の厄？　夏に厄なんてあるのだろうか。

「お酒で祓《はら》う夏越しの祓とは違いますよね？」

一年の前半の半年分の厄を祓うとでもいうのか、夏の始まり、水無月を食べる六月末にたしかそんな儀式をやった。

そして年末には年越しの祓というのがあるらしいけれど。

「夏の厄というのは、まあ夏の疲れみたいなものよ」

「それ、密教的教えですか？」

「え……密教？」

「ここ、密教のお寺ですよね？」

沙耶の質問に、紫子さんはクスッと笑った。

「まあ、そうやけど。密教系には、うちのような真言宗《しんごんしゅう》のお寺と、あと、途中から密教をとりいれた比叡山《ひえいざん》の延暦寺《えんりゃくじ》のような天台宗《てんだいしゅう》系もあるけど……どうしたの、急に。仏教に興味あるの？」

「え……いろいろ京都のこと知りたくて」

「別に真言密教は京都の宗教ではないけど……いろんなこと知りたいというのはええことやね」

「そうですか？」

「じゃあ、せっかくやし、今から少しだけうちのお寺のこと案内しましょうか？」

「本当に？　いいんですか？」

そういえば、お隣にいるのに全然このお寺のことにくわしくなかった。

「純正ちゃんにさせてもいいけど、今、新しい仏像をご安置する場所のことでバタバタしているから」

「あ、いえ、とんでもない。ありがとうございます」

「まあ……空気の読めへん子やから、あの子の案内はおすすめできひんけどね。仏像の話で半日は過ぎてしまうから」

それはわかる。初心者の沙耶に、仏像の魅力を延々と語られてもさっぱりわからないだろう。もう少し勉強してからならともかく。

紫子さんと一緒に境内から本堂にむかっていくと、ちょうど掲示板に東寺のポスターが貼られていた。

京都駅からも見える五重塔で有名なお寺だ。

「こちらもうちと同じ真言密教のお寺。お大師さまが朝廷から下賜されたお寺やけど」

「お大師さまって弘法大師様でしたっけ」

「そうよ」

「東寺とここが同じ宗派だったとは」

「といっても、細かく分けると宗派は別になるんやけどね。真言密教は、高野山派を始め、数えきれへんほどのいろんな宗派に分かれているから少しずつ違うんやけど……まあ、はたから見たら、同じやね」

そう、宗派まで細かく勉強するのは、今の沙耶にはまだまだ道のりが遠いだろう。

「東寺……密教寺院だったなんて、今の今まで知らなかったです」

以前に純正からイケメンの仏像について耳にしたことはあるけれど。

「そうそう、東寺さんは、朝の六時から生身供《しょうじんく》をしてはるからね、見に行かはってもええかも」

「し……しょじ？」

沙耶は小首をかしげた。

「ああ、お大師さまに朝の六時にお食事を届ける儀式よ。本山の高野山《こうやさん》の奥の院でも、平安時代からずっと変わらずやっている儀式。そのまま法要に参加できるから、観光客に人気なんよ。東寺さんは十分前くらいに行けば中に入れるわ」

「本山て……遠いですよね？」

「和歌山県やからね。その中でも山の上にあるし、よくあの時代に寺を建てたもんや」

「すごい、そんなところで平安時代から続いているなんて」

想像がつかない。和歌山といえば、ミカンと梅干しと白浜くらいしか思いつかないけれど、京都からそんなに近くはなかったはずだ。たくさん山もあるし、平安時代は都から行くのが大変だったのではないだろうか。

「うちの宗派では、今から千二百年前、お大師さまがご入定……つまり永遠の瞑想に入られてから、今も御廟で生き続けておられ、世界の平和と人々の幸福を願って、瞑想を続けていると信じられているの。ご飯をお届けするのは、それ以来、ずっと本山で続けられている儀式のひとつなの」

永遠の瞑想とはお亡くなりになったということよね？

平安時代から……か。沙耶の生まれ育った高知も弘法大師さまとはご縁がある。四国の八十八箇所巡りもそうだ。

「素敵ですね、ずっとお食事をお届けしているなんて」

冬場、吟太郎のお散歩の時間が遅くなる時期なら、一日くらい見学に行けるだろうか。

「そう？」

「ええ、姿がなくても、そこにいらっしゃるってことですよね。みんなの心の中に。そういうの、いいなーと思って」

沙耶が笑顔で言ったそのとき、すーっと本堂のほうから流れてきた冷たい空気が首筋を撫で、くすっと後ろから鼻で笑う声が聞こえてきた。

「え……」

ふりむき、本堂を見あげる。

純正和尚ではない。彼は本堂ではなく、ちょうどやってきた檀家さんと庭先で話をしている。あとは誰がいただろう。

目を凝らしてみるが、暗くて人がいるのかどうかわからない。

灯明に照らされた仏像がうっすらと見える。

市街地の小さなお寺なので本堂はさほど大きくはない。

敷地の片側は付属の幼稚園だが、そこは純正和尚の親戚が運営している。

寺の中には形だけの受付、それから納経所と手洗い場がある。本堂は数段の階段があり、その奥に本尊やらいろんな掛け軸がかかっている。

本堂の傍らに住居を兼ねた建物があり、そこにある十数畳の和室で紫子さんは茶道華道着付け教室をひらいていて、沙耶も少しだけ教わっていた。

純正和尚もたまに絵写経や阿字観《あじかん》の教室をひらいているのだが、二人から頼まれ、その和室と縁側、それから床の間のリノベーションをちょっとだけ手伝った。

といっても、欄間《らんま》、ふすま、畳、壁の塗り替え、表具師さんやプロの職人さんたちから教えてもらうことばかりで、過去にちょっとだけ事務所で見聞きしたくらいではまだまだ何の役にも立たないのだなと反省することばかりだった。

「さあ、中へどうぞ」

本堂に入ると、濃い線香の香りにふわっと包まれ、外からは想像もつかない華やかな空間が広がっていた。

細やかな彫刻に彩色された欄間、それから優雅で佳麗な天井絵、蓮の花が咲き、豪奢な蝶が舞っている地袋。

紫子さんに連れられ、本堂の仏さまの真ん前に正座する。

「真ん中がうちの本尊の阿弥陀如来さま、それからこちらが毘沙門天《びしやもんてん》さま、護摩祈禱《ごまきとう》のときの不動明王はあちら。こちらが弘法大師さま。そして新しく完成したのが大日如来さま。うちの宗派の根本の仏さま」

これまでその中央に何体か仏像があったのだが、もう一体増えていた。

「……この仏さまが？」

「しばらく修理に出していたの」

あきらかに他の仏像とは違った真新しい仏像だ。

「ここの本堂、今、少し修復中なんだけど、こちらの仏さまも……」

そのとき、みゃおんみゃおんと子猫が二匹、本堂に入ってきた。最近、境内に放置されていたという白と白黒のかわいい姉妹猫だった。

「待って、あああっ、そんなところに」

猫を追いかけて純正和尚が入ってきた。

「アイリーン、ジャスミン……待てって。うーん、かわいい」

子猫を二匹抱きあげ、純正が幸せそうに頬をすりよせる。まだ子猫なのでみゃあみゃあ鳴いているのがとても愛らしい。

「わあああ、かわいい」

「うん。めっちゃええ子たちや」

「その子たち、どうするんですか？」

「うん、うちで可愛がろうかなと思って」

「純正ちゃん、また悪い癖やなあ」

紫子さんが呆れたように笑う。

「悪い癖？」

何だろう。沙耶は小首をかしげた。

「そう、何でも拾ってくるの。すぐるくんとは正反対で」

「え……」

「すぐるくんは、来るもの拒まず去るもの追わずというか、身近な人には親切やけどそれ以外のことはあっさりしていて執着しないタイプやけど、純正ちゃんはその反対。犬も猫もいっぱい拾ってきて。うちの幼稚園で飼育しているウサギもカメも鶏も、裏のご夫婦のところの柴犬も……全部、純正ちゃんが保護したもんや」

「全部、最後まで責任持ってるよ」

「まあ、猫ちゃんくらいはかまへんけど……。ちょうどおじいちゃん猫のニコライが旅立ったばかりやし。ただ……今度は人間まで」

紫子さんがチラリと本堂の奥に視線をむけ。

「人間？」

どういうことだろうと、振りむくと、本堂の奥から作務衣姿の若い男性が現れた。

スラリとした長身に藍染の作務衣、頭には龍が白抜きで抜き染めされた藍色の手拭いを巻いている。

あ……月ちゃんという宮大工さんだ……。

「沙耶ちゃん、この前、紹介できひんかったから、改めて紹介するわ。彼、月ちゃん、うちの本堂の修復をしてくれている宮大工の雪森《ゆきもり》月斗《つきと》、通称、月ちゃん。それで、月ちゃん、こっちの彼女はお隣の沙耶ちゃん」

「あ、遠野沙耶です、初めまして」

「どうも」

月斗は手拭いをとり、ぺこりとお辞儀をした。

アッシュパープルの前髪がさらさらと風に揺れる。よく見れば、左側の耳の上が刈りあげられて梵字のタトゥーが入れられ、耳には三つくらいピアスが付いている。

「へえ、なかなかかわいい子やないですか」

月斗は紫色の法被《はっぴ》をはおったあと、背中に木材を入れたカゴのようなものを背負った。

「あ、ジャスミン、ご飯の時間にいないと思ったらこんなところに」

純正の手から白黒の猫をヒョイととり、背中のカゴに入れる。

「それで……お姉ちゃん、純正さんとはいつからつきあってるんです？」

「え……」

お姉ちゃん呼び。関西の人に多いのだが。沙耶がぽかんとしているので、彼はハッとした様子で純正の肩をトントンと叩いた。

「あ、ああ、堪忍、純正さん、初めましてって、まだ彼女さんに言ってませんでした」

彼が軽く頭を下げると、カゴが揺れ、驚いたように中で立ちあがった猫がひょこっと顔をだす。

「いえ、初めてじゃなくて、先週、会いましたけど」

「……ほんまですか？」

驚いたような顔で彼がこちらを見つめる。

記憶にないとは……。そりゃ、印象は薄いかもしれないけど。

「お酒……ひやおろしの試飲会で……柚子酒、渡したと思いますけど」

「え……もしかして、柚子酒の人？」

月斗がきょとんとした顔のまま、純正に問いかける。やれやれと肩で息をつき、純正が拳でごつんと月斗のこめかみを軽くたたく。

「そうや、あの柚子酒をくれた女の子や」

「あのときの、大正時代みたいなエプロンしていた女の人ですか」

柚子酒とエプロンは認識されていたらしい。

「ほんま、月ちゃん、もっとちゃんと人の顔を覚えないと」

「ごめんなさい」

尖っているタイプかと思ったら、純正には素直に謝っている。

ちょっとだけしゅんとしている様子が意外にも愛らしいではないか。彼の前髪が目に入ったのを純正が手で払ってあげている姿は、よしよしと親が子供を撫でているみたいに見えてしまう。

「あのあともちゃんと説明したやろ。お隣の『天舞酒造』の次期女将さんて。ぼくの彼女とは違うよ」

「ってことは、新堂の……？」

「そう、すぐるんの婚約者」

「あちゃーそんな奇特な人がいるとは」

思い切り不愉快そうな顔をされる。さっきまでのかわいいワンコがいきなり凶暴な野犬のようになってしまう。

「奇特は失礼やろ。すぐるん、めっちゃモテるんやで」

「それはわかりますよ。外側は、めちゃくちゃええ出来やから。東寺の帝釈天さんもびっくりのイケメンですから。けど……あの男に、恋愛なんてできるんですか？」

え……。沙耶はきょとんとした顔で月斗を見た。

どうしてそんなことを。なぜそこまで言われなければいけないのか。もともとの知り合いとは思えないけれど。

沙耶の視線でわかったのか、月斗はふっとちょっとばかりいじわるそうに微笑した。

「お姉さん、あの男……冷たいなあって思うことありません？」

「……そんなこと、あなたには関係ないと思いますけど」

「そうでしたね、別にオレが言うことと違いますよね、すみませんすみません」

何なの、この人……。

「そんな気持ちのない謝り方しなくていいから、理由を教えて。どうして冷たいなんて」

「だから謝ってるやないですか。冷たくないならそれでええでしょう」

沙耶がムッとした顔で睨みつけると、月斗はくるっと背をむけた。

「ほんなら純正さん、ジャスミン、うちでトライアルさせてもらいますよ」

「あ、ああ、ええけど。あ、ちょっと待ってくれ。ジャスミンのご飯、渡しておく。ミルクの溶かし方も説明する。庫裏《くり》にきて」

月斗を連れて純正が寺の奥へとむかう。

「庫裏？」

「お寺の台所のことやけど、うちみたいな小さなお寺では、居間とか事務をする場所とかひっくるめて庫裏っていうの」

「そうなんですか……あ、あの、こちらにいる宮大工の職人さんて……他には？」

「月斗くんだけよ」

彼だけ。だとしたら『さやの息吹』を欲しがっていたというのは、やはり彼のことだ。新堂のことを嫌っているみたいだし、お酒のことも悪口ばかり言っていたのに、どうして注文したりするのだろう。

「変わり者でしょう。悪い人じゃないんだけど。あ、この大日如来さまを彫ったのは、彼のおじいさんで、修復したのは彼なんよ」

「え……仏師なんですか？　宮大工じゃなくて？」

「彼自身は宮大工を目指して家を出て、有名な奈良の棟梁のところで修業をしてはったんやけど……高野山かどこかのお寺の修復中に事故で肩を壊して……」

「それで、今は小さな仕事しかできないみたいで……」

「事故……」

紫子さんの話によると、彼の実家――雪森家は、代々仏師の家系らしい。祖父は人間国宝かなにかで、父親も無形文化財とか何とか。

兄と彼も子供のころから仏師の修業をしていたけれど、父親と喧嘩をして家を飛び出し、宮大工の棟梁のところに転がりこんで、修業を始め、高野山の伽藍の修復に関わっていたとか。

「でも事故にあって……その後、ふらふらしていたところを純正ちゃんが拾ってきて、うちの修復を依頼したの」

「そうだったんですか」

せっかく修業していたのに、途中で挫折したのはショックだろう。

自分でさえ、契約更新してもらえなかったとき、すごくショックで視界が真っ暗になった。途方にくれていたら、新堂に出会った。

それから半年、こんなにも楽しく充実した時間が待っているなんて、あのときは想像もしなかったのだが。

「あ、そうそう、これ、食べる？」

紫子さんはどこからともなくあんみつの缶の入った袋をとりだした。小倉餡の入ったおいしくて評判のあんみつだ。

「いただいていいんですか」

　いきなりどうしたのだろう。

「ええ、すぐるくんと二人分あるから一緒に食べて」

「わあい、ありがとうございます」

　嬉しい。甘いもの、大好きだ。でも菊といい、もらってばかりの気がする。

「それで、ひとつ、お願いがあるんやけど」

　え……悪い予感。沙耶は受けとった袋をギュッと抱きしめ、さぐるように紫子さんの上品な微笑を見つめた。

「沙耶ちゃん、アルバイトせえへん？」

「へ……」

　アルバイト？　もしやあんみつがアルバイト代？

「裏の町家のことやけど……」

　するとちょうど純正と月斗が庫裏からもどってきた。

「あ、ちょうどよかった、純正ちゃん、沙耶ちゃんに例のお仕事の話してたの」

「ああ、あの話か」

　純正が言葉をつづける。

「沙耶ちゃん、ここにいる月ちゃんやけど、裏の美容院の横の町家に住むことになったんやけど」

「あ、あの空き店舗になった写真館の間の？」

細い路地を抜けた先に町家が数軒ある。

京都特有の細長い路地。その突き当たりに、少しだけ昔ながらの町家が残っているのだ。

片山不動産のマンション建設計画が頓挫した一角だが、京都の風情が色濃く残っている地区だ。

「今のままやったら住めへんから、ちょっと修復したいんやけど……沙耶ちゃん、リノベ手伝ってくれへん？」

「わたしが？」

「ちゃんと賃金も払うから」

「待って。わたしなんかでいいの？」

と、沙耶が問いかけると同時に、月斗が不機嫌そうに言った。

「待って、オレ、別に今のままでも」

「あのままでは住みにくいやん」

「ですけど」

「月ちゃん、けど、うちのこの奥の和室も、天舞酒造の蔵バルも、それから裏の美容院の入り口のとこも、この沙耶ちゃんがリノベーション考えたんやで」

「……っ」

月斗の目の色がいきなり変わるのがわかった。

「そう……そうなん？」

さぐるように問われ、沙耶はこくりとうなずいた。

「あ、うん」

「あの蔵バルも？」

「え、ええ」

「お姉さんが？　ほんまにほんま？」

「本当に本当だけど」

「すごーっ、今日から師匠と呼んでいいですか」

突然顔を紅潮させ、月斗はすがるような目で沙耶を見た。

「え、ええっ」

「あの蔵バル、最高ですよ、師匠！」

急な展開についていけない。なに、何なの、この変化は。

「純正さんも最高って言ってましたよ。心が落ちつく空間だと。オレもそれを目指したいんです。師匠、ひとつ、よろしくお願いします」

月斗はその場にひざまずくと、三つ指をついて沙耶に深々と頭を下げてきた。

「ちょ、ちょっと師匠はやめてよ、何でそんな。お願いだから顔をあげてちょうだい。頭なんて下げなくていいから。わたし、素人同然なんだから」

あわてて床にひざを下ろし、沙耶は月斗の肩をつかんで顔をあげさせた。すると彼の瞳からポロリと涙がこぼれ落ちた。

「ど、どうしたの、わたし、泣かせた?」

「いえ……師匠の謙虚さに感動したんです。あんなにすばらしい蔵バルを造られたのに、素人同然と謙遜されるなんて」

目を輝かせて見つめられ、沙耶は無意識のうちに彼から離れようとひざを滑らせるようにして後ろに下がっていた。

わけがわからない。ちょっと変わっているなんてものじゃない。めちゃくちゃ変わっている。こんな人、会ったことがない。

「ああ、あのね、わたし、全然、謙遜なんてしてないし。本当のことだから」

「やっぱり謙虚です」

「違うって言ってるでしょ!」

沙耶がきっぱりと言うと、びっくりしたように月斗は固まって口をぽかんと開けた。そして恐る恐るといった感じで純正を上目で見る。

互いに目と目で通じあうものがあるのか、純正がこくりとうなずくと、月斗は小さく息をつき、苦笑いした。

「すみません、興奮して」

「あ、いえ」

「オレ、感情の振り幅が極端みたいで」

ああ、ちゃんと自覚しているんだ。

「どうか、オレにもお姉さんの感性を伝授してください」

「だから、わたしはまだ……」

「素人でもいいんです。あれが気に入りました。オレの家、直してください」

「ちょっと待って、わたし、まだどうするか決められないわ。新堂さんにも相談してからでないと、すぐに返事は。第一、物件を見てみないと」

沙耶が言うと、紫子さんが「それもそうね」とうなずく。

「月ちゃん、せっかちにコトをすすめたらあかん。すぐに答えを求めるのはきみの悪い癖や。やり直すって決めたんやろう？」

「別にまだ決めてないですけど」

「もう、他人にはせっかちやのに、自分のことはゆっくりなんやな。まあ、ええ。まずは、きみはお仕事しないと。うちの修復してくれるんやろう」

純正が肩をポンポンと叩くと、月斗はしゅんとした様子で「ふぉーい」とうなずいた。

やっぱり犬みたいだと思った。

純正が飼い主で、月斗が拾われたワンコ。ただいま、しつけ中みたいな雰囲気がかわいい感じもするが。

「――それで引き受けたんですか？」

その日の夕方、新堂と吟太郎の散歩中、沙耶は久遠寺でのことを相談してみた。

今日の散歩コースは、京都御所近くの護王神社までの往復だ。まだ昼間は少し暑いので、出来るだけ涼しくなってから散歩するようにしている。

「久遠寺さんのリノベも美容院も、背中を押してくれたじゃない」

「……」

返事も反応もなし。あまり喜んでいない感じ。

「純正和尚が気に入っているみたいだし、悪い人じゃないと思うけど。なにより、すごく綺麗な仏像を修復していたし」

「仏師でもないのに？　宮大工でしたよね？　だいたい宮大工なら自分で町家くらい直せばいいのに。おれならそうします、欲しい酒は自分の手で造りますから」

この人ならそうだろう。けれど月斗はまったくタイプが違う。あの振り幅の激しさ、変なところをどう説明していいのか。

「月斗さんは久遠寺さんのお堂の修復でいっぱいいっぱいみたい。それに、町家の修復はよくわからないみたいだし、第一、怪我もしているし」

「……イケメンでしたよね？」

視線を合わせない新堂。

あ、もしかして嫉妬？　心配しているのかな？　と思うとちょっと嬉しい。

「そうね。イケメンというより、人間じゃないみたいな綺麗さ。二次元ぽい雰囲気の顔をしてたかな」

「何ですか、それ」

「なんか……まあ、綺麗だけど派手だし、タトゥーもあるし、なにより……あの人、感情の振り幅がすごくて……ちょっとどう反応していいかわからないから、わたしもすぐには引き受けなかったの」

「よくわからないから引き受けないって……意味がわからないんですけど。リノベーションと人柄は関係ないですよね」

新堂は呆れたように苦笑した。

「……うん……そうね、でもわたしの蔵バル……よかったって言ってくれたときは心が揺れた。やってみたいなって」

「けっこう気に入ったんですか」

そうかもしれない。反応が極端でびっくりしたけど、純正和尚が手懐けている感じがかわいくて目が離せなかったのだ。

「いいですよ、気に入ったのなら気に入ったで」

沙耶から視線を逸らし、新堂は秋の夕暮れを見あげた。その綺麗に整った横顔が茜色に染まっていて、胸がきゅんとしてくる。

「新堂さんが嫌なら……やらないけど」

「おれがどうして関係あるんですか」

あ、出た。ふと月斗の言葉を思い出して沙耶はうつむいた。

――あの男に、恋愛なんてできるんですか？

――あんたさ、あの男……冷たいなあって思うことありません？

そう、こういうときに少し感じる。この、ちょっと置いてきぼりにされた淋しさ。

「せっかく町家をフルリノベーションできるんだし、挑戦してみたらどうですか？」

「いいの？」

「いいもなにも……おれがどうこう言うことじゃないですから」

「……」

素っ気ない言い方。いつもこうだ。

突き放されたような気がして、沙耶は小さく息をついた。

そうして京都御苑――通称「御所」の中に入り、ベンチに座る。吟太郎が新堂と沙耶の足の間に入り、どちらにももたれているのがかわいい。

秋のひんやりとした風が心地いい。ここも曼珠沙華があちこちに咲いている。

「もう……秋ね」

気をとり直し、沙耶は話題を変えた。

「ええ、紅葉はもっと先ですが」

新堂は肩から下げていたカバンから小さなペットボトルを二本出した。お煎茶とミルクティーと。

どちらがいい？　みたいな感じで示される。

どちらでもよかったが、何となくミルクティーを自分に用意されていた気がして、沙耶はそっちに手を伸ばした。

「ありがとう」

笑顔をむけると、「いえ」と答えて新堂は自分のペットボトルの蓋を開ける。

ベンチの周りには青い露草がひそやかに咲き、少し先の木陰にはあざやかな紫色の萩が群生していた。

「萩か……秋って感じだね」

くる途中、あちこちの庭先で秋の花が美しく咲いていた。

白が印象的な白蝶草や孔雀草。

風が吹くと今にも折れてしまいそうな繊細な雰囲気のピンク色やオレンジ色の秋桜。

上品な風情の紫色の桔梗。

どこからともなく、甘くて涼やかな香りを漂わせる金木犀。

「おれ、秋の花は好きです」

「いいよね、この空気感。ひんやりとした大気の中で感じる繊細な秋の花。なんかちょっと淋しい感じがしてしんみりするけど、それはそれで風情があって」

「……淋しい？」

「春の花には、これから夏にむかっていくぞという勢いと生命力を感じるけど、秋の花は、これから冬がやってくるんだよ、夏はもう終わったよと語りかけてくるような、ちょっと淋しさみたいなのがあって」

沙耶の言葉に新堂は「そうですね」と笑顔でうなずいた。

「でもおれは逆かも。季節的な淋しさも何となくわかるんですが、秋の花を見ると、いよいよ酒造りが始まるぞという期待感が湧いてきて」

ああ、そうか。そうなのだ、この人にとって、秋は始まりの季節。

「そうだ、蔵バルに向かう途中の土間も、秋はやっぱり秋の花で飾りたいね。お店には、紫子さんのところで習ったお花をそのまま活け直して飾っているけど、蔵バルは蔵バルで京都の四季が感じられるようにしたいな」

「それは妙案ですね」

話にのってくれたのが嬉しくて沙耶は言葉を続けた。

「ほら、蔵バルの戸の横に置いた床几。あそこに萩を飾ったら、秋のお酒にとてもあいそうで素敵じゃない？　お店には、今、桔梗を飾っているけど」

目を瞑ると、イメージが湧いてくる。

「奥には……そうね、能楽の『菊慈童』や『野宮』、それから『松虫』みたいな、ちょっと秋っぽい雰囲気を出して」

「能楽……好きなんですか？」

「まだ見たことはないけど……お客さんのリストに鳳城流の宗家がいたから、調べていたら、秋の演目リストがあって」

「なるほど」

「菊の花と、白萩と紫の萩。秋って感じでいいよね？」

「え、ええ」

「でも白とピンクも入れたいから、秋桜も入り口のあたりに。ああ、想像しただけでとっても素敵。扉を開けたとたん、秋を楽しんでもらいたいから」

にこにことして話す沙耶に、新堂がふんふんとうなずく。吟太郎も理解できているのかできていないのかわからないけれど、同じように首を動かしている。

ゆったりと静かに夕暮れに近づいていく。何ということもない日常。こうした時間がとても好きだ。

「では、酒にあう秋らしいメニューも考えましょうか」

「わあ、楽しみ」

「秋もですが、これから少しずつ季節に合わせたもの、今のうちに考えておきましょうか。仕込みの時期に入ったら、おれはもういっぱいいっぱいになりますから」

「……」

そうか。近いうちに松尾大社と梅宮大社に行って、いよいよ本格的な酒造りのシーズンが始まる。

そんなとき、好き勝手をしていいのか。契約を延長した以上は、「天舞酒造」の女将をつとめることを優先しなければ。

「わたし、やっぱり断る」

「え……」

「町家の修復。今は無理だって断るね」

「でも、いいんですか？」

新堂は心配そうに問いかけてきた。

「うん、いいの」

「やってみたかったんでしょう、京町家のリノベ。今までみたいに部分的じゃなくて、全体的なの」

「……だけどわたしが求めてるのって、そこまで強いものじゃないから……」

ただ居心地のいい住空間という目標だ。

それはできれば……新堂と一緒に作りたい。作っていいんだよね？

沙耶は東の空を見つめて目を細めた。

比叡山から東山へと続く、なだらかな山並みが夕陽を浴びて焔のように燃えて見える。反対側の西の空を見れば、まだまだ明るい感じだ。

そして空全体が夕陽に染まっていてとても綺麗だ。秋の夕暮れというのは、他の季節よりもずっとあざやかなオレンジ色に染まっている。

京都に住んでもう何年も経つのに、こんなふうにしみじみと秋の空を見たのは今年が初めてかもしれない。

この時間を大切にしたい。いろんなことを知りたい。だから欲張るのはやめようと思ったのだ。

「わたし……まだ京都のこともわからないことだらけだし……お店の新しいメニューも考えたいし、内装ももっとよくしたいし。あれもこれもというわけにはいかないから」

言いながら、沙耶は足元の吟太郎の頭を撫でた。

「そうですか」

「それでいいよね」

「……沙耶さんのしたいようにすればいいですよ」

そっけない返事に淋しさを感じながらも沙耶はうなずいていた。

「うん、そうだね」

新堂は立ちあがり、風に揺れる前髪をかきあげたあと、沙耶に手を伸ばしてきた。そろそろ帰ろうという合図だ。

沙耶は自然にその手をとって立ちあがった。

するとそのまますっと軽く抱き寄せられた。

（え……）

あまりの突然のことに驚きながらも、そうするのが自然のような気がして沙耶は少しだけ彼の肩にもたれかかってみた。

そのとき、ふと彼から漂ってきた香りにふいに胸の奥が疼くのを感じた。

金木犀の香りではない。これはお酒の匂いだ。正しくは、酒の麹の香りとでもいえばいいのか。

これは彼の香りでもあり、彼の家の香りでもある。

「天舞酒造」の建物の中にいると、いつもこの香りがしているので、ちょっと感覚が麻痺してしまうのだが。

いつのまにかこの香りが世界で一番大好きなものになっている。

息を吸っただけで、それと感じただけでほっとする居心地のよさ。

安心できる香り。胸がときめく香り。

それを感じるだけで涙が出そうなほどの幸福感をおぼえ、ああ、この香りのするところをわたしは一番大切にしなければいけないんだ。ここを守っていくという気持ちが胸をいっぱいにしていく。

少しずつ周囲の空気が宵闇へと沈んでいくのを感じながら、ほんの十数秒ほど、そんなふうにしていたのだが、新堂はすぐに沙耶から離れた。

「すみません」

「あ、ううん」

たったちょっと寄りそっただけなのに、妙に照れくさい。

　ああ、どこの中高校生カップルだよ、わたしたち。とツッコミながらも、いまどき、小学生でももっと距離感が近いかもしれないと、ふと思う。

　ワンワンッと吟太郎が二人に声をかけ、早く帰ろうと合図を送ってくるので、逆にふつうの雰囲気で歩き始めることができた。

「そうだ、メニュー作り、一緒にする？」

「え……」

「お酒の仕込みでこれから大変だと思うけど……新堂さんがいっぱいいっぱいだったら、一日一分だけでもいいから一緒に考えられたらって」

「……一分だけって」

　新堂はおかしそうに苦笑した。

「別に、もっと時間とれますよ」

「本当に？」

　沙耶は思わず笑顔を見せた。目を細め、新堂がその顔をじっと見つめる。

「え……なにか変？」

「あ、いえ……表情がころころ変わって……そーゆうところ……」

「あ、うん」

　ちょっとドキドキする。

　かわいい、それとも、素敵……とでもくるのかな、と期待してしまう。

「……めっちゃおもろい」

おもろい……つまりおもしろいということ……。

ずこーんと、吉本新喜劇ならすっ転ぶところか、ハリセンで叩くところかわからないけど、沙耶は笑顔のまま片頬をピクピクとさせた。

「あのね」

と言いかけた沙耶の後ろ髪のあたりを、新堂がふわっと手のひらで撫でる。そして吟太郎と一緒にスタスタと早足で歩き始めた。

さらに蚊の鳴くような声の、そんなひとりごとのささやきが耳に触れる。

「それから……かわいい」

ふっと耳に入った小声に、え……と、一気に頬に熱が溜まっていく。

「え……」

今、なんて。

「……いえ、別に」

今、言ったね。面白いの次にかわいいって。

やばい。この男、なんなの。

一気に心臓が爆発しそう。

もうもう、息が止まりそう。

おもろいなんて言葉でいったん落としておいて、それから、かわいいって言葉でぐいっと持ちあげてくるなんて……。

一瞬で舞いあがってしまう自分が恥ずかしいけど。アラサーにもなって、何やってるのよ、という気持ちだけど。

（考えれば、全然、進んでないのよね、わたしたち。冷静になれば契約を延長しただけなんだ）

でも真意をたしかめるのが怖い。

もうすぐ三十だから、ためらってしまうのかもしれない。

失敗したくない、後悔したくない、傷つきたくない……という気持ちが前面に出てしまって、十代や二十代前半のときのような、がむしゃらに前に進んでいくような勇気が持てなくなっているのは事実だ。

高知から京都に出てきたときもそうだ。

あのときはまだ二十代前半だった。たった二、三年前のことなのに、二十代の、この年数はけっこう重要だと思う。

なぜなら、今、それができるかといえば、ちょっとばかりためらってしまう気がするからだ。

（そうか、だから……かもしれない）

自分たちが臆病になってしまうのは。

言いたいことをはっきり言ったり、自分の気持ちを素直に表に出したりするには、反対に年齢が行き過ぎているのかもしれない。

　これまでのいろんな経験や、いろんな考えがぐるぐると体の内側を駆け巡ってしまうせいで、ストンと素直に気持ちのままに動くことができないのだ。

　恋愛をするよりも、いや、知りあうよりもなによりも先に、契約という形で婚約してしまった。

　ふつうとは逆なのだ。形だけはできあがっているのに、中身がない。いわば空洞の状態で始まった関係だ。

　そんなところから出発し、少しずつ中を埋めているような感じだから、どうすればいいのかがわからないのかもしれない。

（新堂さんもそうなのかな。しっかり自分の仕事というものがあって、私なんかよりもずっとちゃんとした人生を歩んでいる気がするけど）


　そんなことを考えているうちに、「天舞酒造」の前まで戻ってきていた。

　八田のおじいさんがソラくんを抱っこして可愛がっている。

「おっと、ソラくん、帰ってきたで。おまえさんの大好きなお姉ちゃんが。あいかわらず気楽そうな顔をして。元気なだけが取り柄のお姉ちゃんやけど」

「八田さん八田さん、それ、今ではモラハラですよ」

新堂が困ったような顔で言う。

「どこが。親愛の情を持って褒めてるのに」

「八田さんはそれでも、もっとちゃんと褒めないと」

素直さのかけらもない頑固じじいっぷり。相変わらずだ。

いつも憎たらしいことしか口にしないけれど、実はけっこう沙耶のことを気に入っているようだ。

ソラくんは野良時代があったせいか、かなり人見知りなにゃんこだが、新堂と八田のおじいさんのことは大好きのようだ。

「坊ちゃん、それ、言うんやったら、あんたのほうがあかんよ。全然、お姉ちゃんに自分の気持ち、言うてへんやろ」

「あ、八田さん、それはまた今度」

新堂がぐいぐいと八田さんの背中を押す。やれやれと呆れたように八田さんが苦笑いして、手拭いを首にかけて店を出ていく。

「ソラっち、ほな、また明日な」

「八田さん、また明日もよろしくお願いします」

「はいよ、ほな、さいなら」

ソラくんをポンと沙耶にわたして、八田さんが帰っていく。

「気にしちゃダメですよ、あの人の言葉」

「大丈夫、わかってるって」

気になるのは、元気だけが取り柄のほうではなく、そのあとの言葉——自分の気持ちというやつだけど。

「あの……」

「え……」

「あ、ううん、何でもない」

ダメだ、わたしのほうもやっぱり勇気がない。

「どうしたんですか」

「うん、明日、断ってくるからね」

「リノベの件？　でもやりたいなら……」

「いいの。それよりメニュー、一緒に考えてね」

家に入ると、沙耶はソラくんにご飯をあげながら新堂に声をかけた。

「あ、ああ、うん、了解」

こちらに背を向け、吟太郎のブラッシングをしながらボソリと彼が呟く。その背を見ていると、さっきの言葉がよみがえり、ちょっと恥ずかしくなる。

『……かわいい』

今まで聞いたことがない言葉。それを聞いたときに芽生える感情。

激しさはないけれど、こうして、少しずつ、はんなりと歩み寄っていく関係がいいのかな。不安も多いけど。

米を醸造させ、ていねいにていねいに手入れしておいしいお酒にしていくような、そんな恋が自分にはあっているのかな。

沙耶はソラくんの頭を撫でながら、心の中でそんなふうに語っていた。

3　酔っぱらいの魂

翌朝、沙耶はリノベーションの話を断りに久遠寺にむかった。

協力できることは協力したいけれど、中途半端な気持ちでは承諾できない。

今から蔵元は本格的な酒造りのシーズンに入るのもあって他の人の大事な家造りのことまで手を出すことはできない。その旨を伝えた。

「残念やけど……季節的にもちょっと無理やったかな。どうせやったら夏の間に頼めばよかったな」

純正が残念そうに言う。

「あ、夏はだめです。リノベーションに向いてないです。暑くて」

「そうか、夏はあかんのか」

沙耶はコクリとうなずいた。

暑いだけではなく、いろんな虫さんたちもたくさん出てくる季節なので、古い家屋のリノベーションはけっこう勇気がいるのだ。

「それならいつくらいがええ？」

「季節的には今くらいが。台風シーズンも終わっているし、十月と十一月はお天気もいいし、湿度も少ないので」

「なるほど。じゃあ、うちの本堂の改装はちょうどええわけや。年末までに何とか綺麗にしたいと思っていたけど」

「そうですね。ちょうど改装するにはいい時期ですね。京都は一月二月は寒いですし、その次は三月四月、五月中旬くらいまでくらいが理想ですね」

「新しい人、探してもええけど、月ちゃん、あんな見かけやし……怖がる人も多くて、けっこうこだわりがある人やから……まあ、ゆっくり考えることにするわ」

「そんな人がわたしでもいいって言ってくれたのは嬉しいんだけど」

「そうやなあ、沙耶ちゃんの蔵バル、すごく気に入ってたんや。うちの道場も修復してくれたやん。あそこも光の取り入れ方、床の間のところの窓の位置、全体の色彩……『陰翳《いんえい》礼讃《らいさん》』のような仄昏さの美が感じられる、こういうのが落ちつくと言っていて」

「あの人も、その本、知っているんだ」

「愛読書みたいや」

「そうか、そうだよね、宮大工なら」

谷崎《たにざき》潤一郎《じゆんいちろう》の著作『陰翳礼讃』は、まだ電気が行きわたっていなかった昭和の初期のものだ。日本家屋の独特の暗さ、外から入り込む光……そんなものの美しさが繊細に綴られたエッセイで、京都の古い町家や寺社を建築する者たちのバイブルのような本とも言われている。

「うちの寺の道場の修復も、すぐるんところの蔵バルも、あの本のイメージで造ったんやったよね？」

「そう、そこに季節を取り入れて」

沙耶は思わず笑顔になった。

久遠寺は全体的にきらきらしたお寺だが、お花や茶道、写仏や写経をするならもっと落ちついた雰囲気がいいと思って、『陰翳礼讃』のイメージで光と影の雰囲気を大事にできないかと考えながらリフォームを手伝ったのだ。

「ここは街中にあるから、陽射しがどんなふうに入るかちょっと考えて障子の高さや影の入り方を考えたんだけど……気に入ってもらえたのなら嬉しいな」

「ぼくも気に入ってるよ。沙耶ちゃんの感性って……素直に誰にでも、すとんと伝わるっていうか、ものすごく心地いい感じがして好きや」

「わあ、本当に？」

「ほんまにええ感じ。仄昏さのなかの美しさ……日本の美の原点やからな。沙耶ちゃんて、どこでそういう感性を磨いたん？」

どこで？　沙耶は小首をかしげた。

「どこでって……ただ単に……こうしたらいいなと思ってやってるだけだけど……やっぱり資格とか経験とか少ないから変？」

「その反対、あまり経験値がないから新鮮なのかも」

「そう？」

「ほら『天舞酒造』さんの、新しく造った蔵バルも、光の取り入れ方がすごくええ感じやん。坪庭から入ってくる陽射しが優しい感じで、仄昏くて」

「おいしい日本酒を飲むなら、あまりにぎやかじゃないほうがいいかなと思って。お店、カウンターだけの小さなものだから、一人でふらっと飲みに来ても安心できるような感じが欲しかったの」

　すると純正和尚は感心したようにうんうんとうなずき、沙耶の頭を軽く撫でた。

「ようわかってるやん。やっぱり少しでも手が空いたら、月ちゃんの家、どんなふうにしたらええか、アドバイスだけでもしてやって。あいつも宮大工のところで修業していたから、自分でちょっとくらいリフォームできるはずやから」

「そうですね、そのくらいなら」

　アドバイスというほどのことはできないかもしれないけれど、やっぱりリノベーションの話をするのは楽しい。

　わくわくしてしまう。こんなこと、新堂に知られると、本当はやりたいのでは……と思われるので言えないけれど。

「とりあえず住む場所だけでも掃除して、月ちゃんに使ってもらう。今は、うちの客間を使ってもらってるんやけど、人の出入りが激しいから落ちつかへんみたいやし」

「ああ、それはあるかも」

「あんまり荷物もないみたいやし、寝床があればそれでええみたいやし」

「えっ、ずっと住むわけじゃないの？　それなのにリフォームするの？」

「わからへん。どうしたいのか訊いてへん。とりあえず、うちの本堂の修復を頼んでいる間はいてもらうつもりやけど」

「大丈夫なの？　久遠寺さんからの請負代だけで暮らせるの……て、わたし、失礼なことを質問してる気もするけど」

「ああ、ええよ、率直に訊いてくれて。多分、金銭的には大丈夫。そこそこの賃金は払う予定やし、月ちゃん、あんまり贅沢に興味がないみたいやし」

「興味がなくても生活できなかったら困ると思うけど」

失礼だと思いながらも現実的な質問をしてしまうのは、自分がやはり文無しで途方にくれた経験があるからだ。

今も時々夢に見る。

前向きで、けっこう忘れっぽいのに……実はトラウマになっているのかもしれない、と。

「それは大丈夫や。仕事中の事故の保険がいっぱい入ったみたいで……そこそこ暮らしていけるらしいけど……」

純正の話によると、労災保険や棟梁からの見舞金などが入り、月斗は一年くらい働かなくても暮らしていけるそうだ。

むしろ働かない方が保険がおりるとか。

「けどな、月ちゃん、それが嫌なんやて」

「いや？」

沙耶は小首をかしげた。

「保険で治療しながらのらりくらり……そんな張りあいがない生活したくないみたいで……大きな仕事はできなくても、仏像や須弥壇、立体曼荼羅《まんだら》、御灯明、欄間や欄干の補修といった小さな仕事はできるからって言ってた」

保険よりも張り合いのある生活……。

「そうなんだ、尊敬してしまう」

「え……？」

「真面目で純粋な人なんだ」

「そう、そうなんや。真っ直ぐで無垢な子供みたいなやつ」

だから純正はかわいがっているのだ。

「協力できることがあったらしたいけど……今は自分のやるべきことで手一杯だから……でもなにかできたら嬉しいな」

「おおきに。沙耶ちゃんとは趣味があうと思うよ。よかったら友達になってやって」

「師匠にはびっくりしたけど友達なら。わたしも宮大工さんて興味があるので」

相談くらいならいいよね。友達というのも。

「まあ、すぐるんの仕事が最優先やけどね」

「もちろん。何といっても、天舞酒造の女将候補ですからね」

そんな話をしているうちに、気がつけば久遠寺に檀家さんたちが集まっていた。

「和尚さん和尚さん、もしや、こちら、寺嫁さんですか？」

檀家のおじいさんが話しかけてくる。

「えっ、違いますよ。お隣の『天舞酒造』の奥さん予定の人」

「へええ、ほんなら、この人が、噂の美人さん？　天女のような美女やったって、宗門の偉いさんがざわついてはったけど。あのお酒をご供養した蔵元の若女将さん……ほんまにこの人なん？」

噂とは違うけどねえ……といぶかしげに見つめられ、沙耶は小首をかしげた。

「あのお酒のイメージとはちょっとかけ離れてますねえ。あのお酒にはとろっとした甘みがあったけど、ずいぶん違いますなあ」

しみじみとそう言いながら去っていくおじいさんの後ろ姿をじっと見たあと、沙耶は須弥壇の前に『愛の妙楽《みょうやく》』という見慣れない、純白の一升瓶があることに気づいた。

その隣に『さやの息吹』と『天翔の舞』がある。

「あれ、あの白い瓶、うちのお酒じゃないですよね？」

純正和尚に問いかけると、彼は「ああ、あれ」と苦笑いした。

「あれは、別の蔵元さんが持ってきはったお酒や。最近、できたばかりの新作やから、どうぞおさめてくださいって」

「その人がもしかして、今のおじいさんが美人女将とか言ってた人？」

宗門の偉いさんがざわついたとは、果たしてどんな女性なのだろう。

「うーん、その人も綺麗やったけど……ぼくの目からすれば、沙耶ちゃんも十分に噂の美人女将やと思うけど」

まったりとした京言葉で言われると、そうかな……と思ってしまうが、自分はそんな評判になるほどの容姿でないことは十分に自覚している。

「それはどちらの蔵元さん？」

「うん、京都の北のほう」

「北っていうと、丹波のほう？」

北といえば、福知山か京丹後に、けっこう大きな蔵元があった気がするけれど。

「さあ、どこやったかな。すぐるんに訊いたらええわ。さてさて、これから六波羅蜜行やらなあかん。もう少ししたら、偉いお坊さんが来てくれはる」

「六波羅蜜行……ああ、お盆の」

「うん、一つ目は布施、惜しまずに人にものを与えるということ。それから二つ目は持戒、戒律を尊重すること。三つ目は忍辱、耐え忍ぶこと」

「……」

「それから四つ目は精進、正しい努力をするってことや。五つ目は禅定、精神を統一すること。最後の六つめは智慧、物事をちゃんと正しく見つめるっていうこと」

「あ、だから六つの波羅蜜行ってこと？」

「そういうことになるかな」

「わざわざお彼岸にするの？」

「そう、お彼岸でもいつでも。六波羅蜜行っていうのは、この六つを実践することをいうんやけど、特別ななにかをするっていうんやなくて、日常の生活の中で実践していくことが大事ということにつながるんや」

「実践したら、なにかいいことあるの？」

「……鋭いツッコミやな」

「ツッコミじゃなくて、純粋な質問。わたし、京都のいろんなことをもっと勉強しようと思ってるんで」

「それはええことや。でも別にこういうのは京都のものじゃないよ。だいたい仏事の細いことなんてよっぽどのマニアでもない限りつまんないだけやし」

「じゃあ、特別なこととかない？」

「……特別って？」

「この前、京都のパワースポットの本を読んでいたら、醍醐《だいご》山の修行のこととか書かれていて、密教は修行をしたらなにか不思議なパワーを得られるみたいなことが書かれていたけど」

「そんなんあったら、ぼく、こんな貧乏寺でかつかつしてへんよ。特別な魔力みたいなもん、どんな修行しても手に入らへんよ。伏見区の醍醐山も、一応、修験道の山やけど、そんなものとは違うよ。ふつうに淡々と日常を心穏やかに生きていく——それが一番大事やから」

　からからとおかしそうに純正が笑う。

「じゃあ、何もすごいことはないの？　修験道の山で今も修行しているのに驚いて、ついつい読みこんでしまったのに」

　純正がプッとおかしそうに笑った。

「ないない、すごいことなんて何もない」

「え……？」

「まあ、うちの宗派は平安時代から続く大きな宗派だけに……中身もいろいろあって……水子供養のお寺の住職が自ら水子を作ったり、金運上昇の、七福神を同時に祀っているお寺が火の車やったり……修験道で修行した人も多いけど、その後の人生は……けっこう人間らしい感じじゃ」

「そうなんですか？」

　純正は綺麗な笑みを浮かべた。

「そう、尊いのは、先祖を供養するために行を実践する人や。なによりもその気持ちこそ大事なんやと言うことにしている。僧侶はそのためにちょっとお経を読んでくれるだけの存在。京都だけやなくて、お寺なんてそんなもんや」

ああ、それは何となく納得できる。こういう話を聞いていると急に体内がデトックスされたような心地よさを感じてしまうから。

「それにしても、純正さんて本当にお坊さんなんだなって実感した」

「本当にって。最初から知ってるやろう？」

片眉を上げ、信じてへんかったん？　と問いかけられる。

「もちろん知ってるけど……根っからのお坊さんて感じ。お話ししていると、すーっと気持ちが良くなって。そういう根本的なところで、ああ、人を救ってくれる人なんだなって」

「いやいや、人が人を救ったりできません。全部、内側の問題やから」

純正は自分の胸を親指でトントンと指した。手首にかかった柘植《つげ》の数珠《じゅず》がじゃらっと音を立てる。

「内側？」

「そう、今、ぼくの言葉に沙耶ちゃんの内側が反応しただけ。それを仏性《ぶっしょう》というんやけど、その人それぞれが持っている、仏になる種。ぼくらは、それに水を注いで、それが智慧《ちえ》になる役割を手伝うだけの存在」

智慧……さっき、物事を正しく見つめることというのがあったけれど、それのことだろうか。

「沙耶ちゃんは、素直な仏性を持っているんやな。仏性というか、わかりやすくいったら物事を吸収するとこ。そやからかな、沙耶ちゃんといるとさわやかな感じがするし、沙耶ちゃんが作った空間も同じような印象を受ける」

「本当に？」

「さらさらっとして気持ちがいい。すぐるんのお酒もそう。さらっとしている。後に残らへん。喉の上をさーっと通り抜けていく。それが特徴なんやろうな、あんたらの」

沙耶は首をかしげた。

「そういうとこが似ているってこと。すぐるんのお酒もそうやろう？」

それがどういうことなのかわからないけれど、ちょっと嬉しかった。

似ていると言われると、自分たちの距離が近づいているように思えるから。

「そして多分、月ちゃんもそこを気に入ったんやと思う。沙耶ちゃんの作る空間が心地よい感じがするみたいやし、また相談に乗ってやって」

「えっ、反対じゃなかった？　月斗さん、新堂さんのお酒のこと……」

「ああ、あいつの言うことは気にしなくていいから。まあ、すぐるんのお酒のことはともかく沙耶ちゃんの蔵バルは気に入ったみたいやし、とにかく相談だけでも」

「……相談だけでも……か」

自分の仕事を認められるのは嬉しいものだとしみじみ思う。

しかも同業に近い相手に。

(奈良や高野山の古いお寺の宮大工さんか。なんか面白そう)

前になにかの文献で読んだことがある。木は鉄を制すだか何だか忘れてしまったけど、千年以上も続く建物の修復をするってどんな感じなんだろう。

そんなことを考えながら「天舞酒造」に戻ると、松尾大社前でのイベントのチラシとポスターが届いていた。

「わあ、素敵なポスター」

十月一日――酒蔵にとっては元日のように大切な日だ。

日本酒で乾杯しようというイベントが酒の神様を祀っている松尾大社で行われるらしく、酒の飲み比べをして、新商品のグランプリが選ばれるらしい。いわゆる鑑評会である。

今年から、新しく地元のテレビ局が十五分の特番を作ってくれる副賞も加わったようだ。

「新堂さん新堂さん、これ、うちも出店するの?」

イベントのポスターを見て沙耶が問いかけると、「いえ」と新堂が首を左右に振る。

「うちは参加しませんよ」

当然のように言われ、沙耶はふり向いた。

「どうして」

「人手が足りないので」

「ええっ、そんな……もったいない」

「もったいないって？」

「だって、テレビで紹介されるイベントで金賞を取ったらすごいじゃない。『さやの息吹』だって『天翔の舞』だって評判いいのに」

「今からでは無理ですよ、そもそも申しこんでないですから、うちの出店スペース自体がありませんよ」

　呆れたように笑う新堂の呑気な返事に、沙耶はぽかんと口を開けた。

「そんな。どうして、こんな素晴らしいイベントに」

　沙耶はチラシを手に、最近、店用に入れたパソコンで検索した。

　毎年、全国の蔵元が参加しているようだ。参加条件は、大企業ではない個人経営の蔵元のみ。つまり「天舞酒造」を宣伝できる大チャンスではないか。

「じゃあ、一緒にこの松尾大社に行く約束はどうなったの？」

　この前、誘われたはずだけど。

「ええ、行きますよ、まずは自分たちだけでお詣りに」

　チラシを手にとり、一瞥すると、新堂はパソコンの画面を見て松尾大社のホームページをひらいた。

「二人だけで？」

「もちろん十一月になったら、松尾大社と梅宮大社でのそれぞれの醸造祈願祭に蔵元や杜氏が参加するようになっていますよ」

「でもイベントじゃないのよね？」

「イベントよりも神事のほうが大事ですから」

言いたいことはわかるけれど。

「だけど金賞を取ったら有名になれるじゃない」

「いいですよ、有名にならなくても」

新堂は肩をすくめて笑った。

「どうして」

「考えてください、ようやく存続が決まったような蔵元ですよ。出店する以前に、ここをもっときっちり存続できるようにしていかなければ」

たしかにそうだけど、せっかくのチャンスなのに。

「ああ、でも悔しい。せっかくいいお酒を造っているのに参加すらしないなんて」

「なら、参加しますか？」

「え……」

今からでも間に合うの？　と訊いた沙耶だったが、新堂の答えは違うものだった。

「そうですね、日曜はこの店も休みだし、見に行きましょう。いろんな蔵元のお酒が一気に味わえるんです。たしかに参加しないのはもったいないですよね」

すごく幸せそうに言う新堂に「そうじゃなくて……」とつっこむことができなくなってしまった。

ああ、ものすごく幸せそう。きらきらしている。

「楽しみですね」

「あ、うん」

こういうところが少しずれてる、噛み合わない……と感じることもあるが、それはそれで仕方ない。人間関係というのは何もかもすべてがうまくつながるわけではないものだと思う。

こちらが彼に好意を持っているのは事実だし、彼も好意を持ってくれている。だから少しくらい噛み合わなくても問題ないだろう。

「じゃあ私も勉強がてら行こうかな」

「そうですね、有名な蔵元だけでなく、聞いたことのない蔵元や意外な銘酒を発見できたりして刺激的だと思いますよ」

ほんとに幸せそうな顔をしている。

これ以上ないほど、生き生きとしているのだ。

仕事をしているときはニコリともしない真摯な顔をしている。もちろん作業中はマスクをしているのであまりよくわからないのだが。

吟太郎やソラくんを前にしたときはとてもなごんだ顔をしている。同じように幸せそうな顔ではあるけれど、きらきらではなく、ふんわりしっとり。

それで自分の前ではどうだろうと思って彼の顔を見る。

「さて、ちょっと借りますよ」

メガネをかけ、パソコンにむかってなにかうちこんでいる新堂の横顔は、さわやかに整っている。

放っておくと、酒の仕込みがないときはこうしてパソコンにむかって酒のことを調べている。

そうかと思えば、ふいにどこかに出かけ、あちこちの酒を試飲していたりと、まだまだ知らない顔がたくさんある。

「ここ、うちと同じ街中の蔵元ですが、今回、初めて参加していますね」

新堂は明るい色彩と愛らしい雰囲気のホームページを開いた。

「あ、最近、北山のほうに移転した『玉出水《たまいずみ》酒造』さん？」

天舞酒造のライバルだ。

最近、「天舞酒造」も沙耶がホームページを作り始めたのだが、他の蔵元のものをいろいろ参考にした。そのうちの一つだ。

玉出水酒造のホームページは秋らしく、十五夜の月とススキを背に、ウサギが舞っている切り絵風の絵が現れる入り口になっている。

この前に見たときは大文字の送り火を見る浴衣姿の子供たちの絵だったので、毎月、トップページのデザインを替えているのだろう。

「街の区画整理でどうしても移転しなければいけなくて苦渋の決断だったみたいです。この前、うちにきていた琴乃葉さんのお師匠さんのお店ですよ」

「ええっ、お師匠さん？」

　琴乃葉さんという言葉に、頬がピクッとするが、それ以上に一体何のお師匠さんなんだろうと沙耶は小首をかしげた。

「これ、ここのボトルのラベルデザイン。玉出水酒造の新しい若女将が描かれたんですよ。あちこちの展覧会で常連で入賞している墨絵の画家さんですよ」

「……そんな人が蔵元の若女将に？」

　すごい、才能がありながらも店も経営しているなんて。

「この人ですよ」

　ホームページにある『蔵元うつろひ歳時記』というページをクリックすると、若女将のブログが出てきた。

「わっ、美人っ！」

　そこに出てきた写真を見て、沙耶は思わず声をあげた。

「そうですね、美人で有名ですよ」

「ううん、ただ美人ってだけじゃなくて艶っぽい。画家さんというより祇園で働いている人みたい」

「祇園の人？」

「そう、玄人っぽい感じ」

「ああ、そんな感じですね。蔵元の寄り合いでも大人気ですよ」

蔵元の寄り合いというのは、京都酒造連盟かなにかだろう。沙耶はまだ正式に新堂と結婚していないので参加したことはないが。

「実物もそんな感じ？」

「そうですね、実物のほうがずっと魅力的ですよ。写真はちょっと写りが悪いかも」

「……」

これで写りが悪いとは……。

沙耶はブログの写真をまじまじと見た。

見れば、けっこうなアクセス数だ。外国人からのコメントもある。英語なのでよくわからないが、和風美人の紹介する日本の最高の酒だと紹介されている。

（すごい……）

ほっそりとした指先で一升瓶を手にとって、酒をグラスに注いでいる構図の写真。和服姿のいかにも京美人といった雰囲気の女性だ。

抜けそうなほどの白い肌、ほっそりとした雛人形のような瓜実顔《うりざねがお》に、少し垂れ気味の優しげな黒々とした双眸、ほっそりとした鼻梁に上品な口元は歌舞伎のヒロインでもできそうな、色っぽい艶美さとでもいうのか。

それに粋な結いあげの形をした黒髪、桜鼠色の小紋は裾のあたりに小さな菊模様の刺繍、それから深紫色の細帯。

最近、和服を着るようになったので沙耶にも何となくわかる。かなり着物に慣れ親しんだ人間にしか着こなせないような、とてもかっこいい着方をしているのだ。襟の抜き方も祇園の芸妓さんに近いけど、玄人まではいかない、絶妙な感じ。

（もしかしてこの人かな……お隣で噂になっていた美人女将）

そのことをたしかめようかと思ったけれど、何となく新堂が興味を持ちそうな気がして言葉が出てこなかった。

「……すごい、これで写りが悪いんだ」

「ええ、ご本人、とっても魅力的で綺麗な人ですね」

ちょっと嬉しそうにしている新堂に、沙耶はさぐるように訊いた。

「新堂さんも……お気に入り？」

「そうですね、仲良しですよ」

「……」

仲良し……。まあ、若女将ということは既婚者だろうから、心配ないだろうけど。

（でも……）

やっぱり彼は沙耶を自分の彼女と思っていないのかもしれない。他の人のことを綺麗だとか感じがいいとか仲良しとか……誉め過ぎ。しかもこれまで一言もこの人のことを口にしたことがない。

好きなんだろうか……。

「ここもうちと同じで、蔵元自身が杜氏として数名の蔵人だけで酒を醸していて、地元密着型で、大々的に宣伝したりはしていないんですが、とてもいいお酒を造っているんですよ。米の旨味が身体にしみいっていくような感じの。出店しているなら、ここのも飲みに行きたいですね」

ブログの記事は読まず、すぐに別のページにアクセスし、黒や白、緑のボトルの一升瓶を一つ一つ熱心に眺めていった。

「ああ、これこれ、これを出展しているみたいですね」

そのうちの一本、紫色のボトルをクリックし、新堂がぼそりと言った。

ちょっと離れているのでラベルの文字まではよく見えないが、白いラベルに、観音様のような墨絵が描かれている。

あ、よく見えないのでなく、その横に記されている字が達筆すぎて、字がちょっとわかりづらいのだ。

あとでたしかめよう。

「これ、新しい秋出しの一番酒のようなんですが、今度の新酒グランプリにこれを出品したと話していました」

「秋出しの一番酒？」

「みたいです。これ、とってもまったりと熟成感があったんで、もう少し飲みたかったのですが、一口しか味わったことがなくて」

「新作……飲んだことあるの？」

「ええ、お隣の法要に御供養品として届けられたんですが、ほんの少しだけ味わわせてもらったんですよ」

「この紫の？」

「ええ」

じゃあ違うのかな。

お隣で見かけたのは、白いボトルに、白いラベルだった。

それにしてもいつ飲んだのか。そんなこと、知らなかった。秋のお酒というのなら最近だと思うけど。

「白桃に似たさわやかな香りの向こうに、とろりとした濃厚な甘みが感じられてドキドキしました」

濃厚な旨味といえば、お隣にあった白いボトルのお酒もそんなふうだった。最近の流行りなのだろうか。

彼の頬がほんのりと紅潮している。目も生き生きと。

普段なら、本当に根っからの杜氏なんだなとほほえましい気持ちになるのだが、もしかして……。

「でも少しばかりほどよい渋みもあって。うちのひやおろしは、昼間の残暑を意識した造りで、もう少しさっぱりした飲み口なんですが、玉出水さんのところはひんやりとした夜の大気に合いそうですね」

「それって、やっぱり住んでいるところの違いなの？」

沙耶は何げなく問いかけた。

「え……」

「ここは、ほら、洛中のど真ん中で、家が密集しているせいか、そんなに朝夕が冷えこむことってないじゃない？　でも、北山のあたりは温度がちょっと違うから……朝とかめちゃくちゃ寒いときがあるから」

以前、沙耶が住んでいたのは、ここより北にある今出川通に面した北野天満宮の裏のあたり。

洛中でもほんの少し北寄りだったので、朝と夕方の空気が違う気がしていた。

距離的にはここから歩いて二十分程度だが、京都はほんの少し山に近い場所に行くだけで急に空気が変わる。

そういえば、お隣にあった白いボトルのお酒も、醸造元は京都の北のほうだと純正が言っていた。

だとしたらやっぱり気候は関連しているのだろう。

北のほうは京都の米どころというのもあるとは思うけれど。現に、ここのお酒も新堂の義姉である和嘉子《わかこ》さんの実家と契約し、とてもおいしい丹波米《たんばまい》で醸造している。

米も水もすべて京都産の、純粋な洛中のお酒。

「気候か。あ……ああ、そうですね、そうか……だからか」

　新堂が独り言のように言う。

「だから？」

「いえ、何となくハッとしたんです。では、イベントまでに仕込みをしておきますね。当日、いろんな酒を思う存分飲みたいので」


　翌日は雨が降っていた。けっこうな降りになっているらしく、外から激しい雨の音が聞こえてきていた。

「沙耶さん、雨降りだし、吟のおトイレ、今日はおれがさせてきますよ」

　夕方、新堂が大きな傘をさし、吟太郎を連れて外にいく。吟太郎のお散歩はおトイレだけで終わりそうだ。

「はい、行ってらっしゃい」

　新堂が外に出ると、ちょうど傘をさした純正が通りかかったらしく、二人でなにか話しながら北の方向にむかって歩いていく。

（いいなあ、あの二人。幼なじみか。本当の兄弟みたいだ）

　互いに、先祖代々、ずっとこの地で生まれ、ここで育った人たち。

「京都って、そういう人が多いのよね。たしか、あの人もそうじゃなかったかな」

みゃおんと近づいてきたソラくんを抱きしめ、沙耶はパソコンを立ちあげた。

今日はお客も来なくて暇だ。雨降りは誰も来ない。なので、ついつい気になってネットで「玉出水酒造」のことを調べ始めた。

「天舞酒造」と同じで、玉出水酒造も江戸時代から続く洛中の造り酒屋。

明治維新のときも生き残り、第二次世界大戦をのりこえてきた。歴史も規模も似たり寄ったりだ。

杜氏はどんな人だろう。あの美人女将の夫がそうなのだと思うけれど、検索しても名前は出てこない。二年前までは玉出水吉蔵という、七十歳くらいの男性が杜氏をしていたけれど、もう他界している。

今は、どんな人が杜氏なのか。他の職人は？　と思うのだが、名前は出てこない。

「……」

どういうことだろうと思ってパソコンを見ていると、閉店の時間を過ぎていることに気づいた。

「しまった、看板を下げないと。ソラくん、待ってて」

パソコンを閉じて、店舗の明かりを消そうとしたそのとき、格子窓のむこうからじっと中をのぞいている人影に気づき、沙耶はドキッとした。

一瞬、首筋に冷たいものが疾り、鼓動が早打ちする。

「……っ！」

誰、そんなところからじっと……。

沙耶はいぶかしみながら外に出た。そこに立っていたのは月斗だった。黒い傘をさし、店内をうかがっていた。

「もうお店、終わりよ」

「あ、うん、純正さんいるかと思って」

「ううん、いないよ」

「……そう」

しゅんと肩を落としている月斗に、きみは忠犬ハチ公かい……とでも言いたかったが、沙耶は笑顔で手招きした。

「さっき、犬の散歩に行った新堂さんとどこかに消えたの。もうすぐもどってくるから、ここにいたら？　濡れちゃうよ」

「もう濡れてる。あちこちベタベタして気持ち悪いっす」

「だったらなおさら。タオル貸すから」

看板を下げたあと、店舗に招き入れ、試飲用のカウンター席に座るようにうながしてタオルを渡す。

「新堂と純正さん……仲いいんっすね」

「幼なじみだし」

「……」

髪をガシガシとタオルでふくと、月斗は店内をぐるっと見渡した。

「奥にある蔵バルだけやなくて、この店も、この試飲用のカウンターも、全部、あんたが考えたんすね？」

「わかる？」

「独特の癖、ありますからね。全部同じパターンと気づきましたわ」

この前は、師匠と土下座までしてきたのに、今日はちょっと嫌味っぽい。本当にこの人は感情の振り幅が大きくて、なにがどういう引き金になってどんな状態になるのかがわかりにくい。

「同じパターンって、どんな癖があるの？」

「色彩は、だいたいが土系。それから季節の花と草……必ず野草系の花になってる。それから窓から入る光の加減は、書道で書いた文字が判別できる程度の、ほんのりとした暗さと明るさ。秋やから障子紙を生成りにしてあたたかさを出す工夫をしてる」

よくそこまで気づいて……と苦笑いしながら、沙耶はお茶でも出そうとポットのスイッチを入れた。

「待って、お茶はいりません。それより、酒、一杯ずつ飲めます？　飲み比べしたいんやけど」

「飲み比べなら、そこのカウンターで」

檜の一枚板の細長いカウンター。木の雰囲気をそのまま残したかったので、木を直線にカットしたものではなく「耳付き」という、木の丸みや年輪をそのまま残した三メートルほどの細長いテーブルだ。

味を確かめたい、一杯飲みたいだけという相手に、料理は出さず、試飲という形で酒を提供する場所だ。店内で紙コップでの試飲なら無料だが、ここは好きなお酒を三種類という形でワンコインいただいている。風合いが楽しめるよう、グラスかおちょこで提供することにしていた。

「まあ、ここも悪くないけど、奥の蔵バル、やってへんの？」

土間のカウンターにもたれかかりながらも、上半身だけ身を乗り出すようにして月斗が奥庭に視線をむける。

「オープンは来月。まだメニューができてないから」

「メニューなんていりませんやろ。バルは酒があれば」

ポケットからくしゃっと一万円札を出して、ポンとカウンターに置いた。ワンコインで三種類から……と言おうとしたが、先に月斗が口を挟んだ。

「じゃあ六十種類分てことで」

沙耶は眉間に深々としわを刻んだ。

「六十杯も？　酔ってしまうよ。そもそも六十種類もないし」

「ないなら、同じのでも」

「本気？　新堂さんのお酒のこと悪く言ってたくせに、六十杯も飲むわけ？」

「ええやないですか、今日はさっぱりした毒にも薬にもならへん酒を水のように飲みたい気分なんすわ。じゃあ、こうしましょう、酔わせたくないんやったら、オレとあんたで三十杯ずつってことで」

え……。

沙耶はカウンターの傍に立ち、目を見ひらいて月斗を見た。アッシュパープルの長めの癖のない前髪をかきあげ、月斗が上目遣いで視線を絡めてくる。

こちらの反応を楽しんでいる。今日は刺々しいバージョンの月斗だ。逆らうと、たちまち切れそうな、ぎりぎりの感じとでもいうのか。

「ここのは、軽口で飲みやすくて、酔いにくいって、説明してませんでした?」

この人にそんな話、したっけ? よく覚えていないけれど、軽くて飲みやすいということはよく口にしている。

「まあ、今日は飲みにきたので、ここでええんですけど。そこの右端から順番に一口ずつ。季節のものからやなくて、定番の酒から、説明付きで。あんたも一緒に飲んで」

「わたしもってどうして」

「自慢のお酒なら、飲めるでしょう?」

思い切り挑戦的な言い方。逆撫でしてくる。

「自慢は自慢だけど」

女将ってそんなこともしないといけないのだろうか。どうしよう、こんな注文は初めてで困ってしまう。

（実家は……どうだったかな。母さん、どうしてただろう）

沙耶の実家は、小さな定食屋だった。目を瞑ると、母がカウンターに立っていた光景ばかり。常連さんばかりの、本当に小さな店だったけれど、いつも笑顔の母と楽しそうなお客さんがいて。お酒も少しだけ出していたが……。

「ごめんなさい、わたし、お客さんじゃないから……お酒は飲めないわ」

客からお酒をすすめられたとき、母は断っていた。店の主人として、お酒に酔い潰れるようなことがあってはいけない。一杯くらいなら……と、一人のお客からの酒を飲んでしまうと、他の人に対しても同じ扱いをしなければいけなくなり、そうなれば酔い潰れる可能性もあるからだ。

「自信がないからと違うんですか」

月斗はくすっと笑った。

「え……」

「ここのお酒がおいしいっていう自信」

「……っ！」

なに、この憎たらしい言い方。沙耶はムッとして、試飲用の『天翔の舞』の一升瓶を手にとり、小さなふたつの切子グラスにそそいだ。

「自信ならあるわよ。おいしいわよ、ここのお酒は」

沙耶は荒々しく彼の前に青いグラスを置いた。

売られたケンカは買わずにはいられない。そのまま沙耶は自分のグラスに手を伸ばそうとした。

そのとき――――。

ガラッと勝手口がひらき、雨の匂いとともに強い風が店内に入ってきた。

「それはおれがいただきます」

戸口に新堂が立っていた。後ろには暴風雨。傍らには雨がっぱをつけた吟太郎と純正の姿があった。

「……沙耶さんは、二人分そそいでください。三十杯ずつ。酒の説明はおれがしますから、沙耶さんは用意してくれるだけでいいです」

新堂は月斗の横のスツールに腰かけた。

「何なんですか、あんた、勝手に決めつけて」

ムッとした月斗とは対照的に、新堂は静かに、しかし鋭い眼差しで、目を眇めて彼を睨みつけた。

二人をチラリと一瞥しながらも、純正はニコニコした顔で手にしたタオルで吟太郎を拭き、奥の居間へと連れていく。

「飲み比べしながら、酒の説明してほしいと言ってたじゃないですか、三十杯分、杜氏の説明付きで飲み比べできるんですよ。最高じゃないですか」

新堂は赤いグラスを手にとると、意地悪そうな笑みを浮かべた。

見覚えのあるその笑みは、まだ互いを認識する前、沙耶が不動産会社で働いていたときに見たものだ。

「最高……どこが」

吐き捨てるように月斗が返す。すると、奥からもどってきた純正が沙耶に視線をむけたあと、自身の胸を指差す。

つまり、彼もここで飲むということかな？

目で問いかけると、純正はこくりとうなずいて、指でくいっと酒を飲む仕草をした。やはりそのようだ。

「まあまあ、月ちゃん、最高やん、杜氏さんから説明付きで酒をいただけるなんて。さあさあ、一緒に飲もうや、三人で。月ちゃんのおごりで、一人、二十杯ずつ。それやったらええやろう？」

ふわっと微笑し、新堂と反対側の月斗の隣に立つ純正を見て、沙耶はもう一つ、紫色の切子グラスを彼の前にだした。

「わかりました……純正さんも飲むんやったら」

やっぱり純正の前ではワンコだ。でも新堂の前では凶暴な闘犬とでもいうのか。

「では、まずは沙耶さんが入れてくれた『天翔の舞』から。この青い一升瓶のものがうちの定番の特別純米酒です」

麹米も掛米も京都丹波の米、精米歩合、アルコール度数、冷蔵推奨などなど簡単に説明したあと、新堂はくいっと酒を飲む。

沙耶はそのグラスを下げて、次は白いおちょこに赤みがかった瓶の『天翔の舞』を注いで行った。

「こちらの少し赤みがった一升瓶のものは火入れした特別純米酒です。さっきのより、火入れしているのでキレが鋭く感じられるはずです。さっきのがどんな料理にもあう万能の酒なら、こちらはあぶったイカや鮭なんかがいいでしょう。ぬるめにしてもいけます。身体を動かした日におすすめです」

さっきと同じように、麹米と掛米が京都丹羽の米だと説明したあと、精米歩合、アルコール度数、冷蔵もいいけどぬるめもいいなどと付け加えていく。

次は純米吟醸酒、大吟醸、火入れした大吟醸、特別辛口純米酒などなど、気がつけば、十八種類まで淡々と進んでいった。

さすがに杜氏と酒好き。さっきから淡々と飲んでいる。純正も顔色一つ変えずに飲んでいるが大丈夫だろうか。

そんなに量は多くないとはいえ、沙耶は十種類をすぎたあたりから、ほんの少し、気づかれない程度に酒の量を減らして入れていた。

新堂も大丈夫そうだが、酒の説明の言葉遣いがやや怪しい感じになってきている。ちょっとだけ呂律がまわっていないとでもいうのか。

「こっちがこの夏から新たにうちの定番に加わった『さやの息吹』という新作の特別純米酒のひやおろし版です。香りは甘いですが、味はざわざわとした野性味のある素朴さとキレの良さが売りで、お米の旨味がすごいです」

これで十九杯目。呂律は微妙だが、さすがに説明は完璧だ。あと一杯というところまで飲み干し、いきなり月斗は大笑いを始めた。

ハハハハハと、思い切り小馬鹿にしたような笑いがカウンターを置いた平土間に高々と響きわたる。

「あーあ、アホらし」

グラスをどんとテーブルに置き、月斗は新堂を挑発するように言った。

「結局、全部、どれも同じやないですか」

「同じ?」

新堂が眉間を寄せる。

「そう、ぜーんぶ同じや。どれもこれも何の色気もあらへんお酒や。毒にも薬にもならん味ばかりで全然おもろないやないですか」

月斗は完全に酔っているようだ。彼も呂律がまわっていないのがわかる。

「さっぱりしているのがダメなんですか」

新堂が問いかけると、ふっと月斗は笑った。

「そう、さっぱりさわやか……どれもそれだけしか感じられへん。『天翔の舞』と『さやの息吹』にしたって同じ。繊細か荒々しいか、喉ごしが違うだけで、どっちも軽く身体をとおり抜けていくだけやないですか」

いつのまにか月斗は、袂から小さなノミをだしてくるくると手の中で小さなまわしている。

（まずい……酔っぱらいに刃物は危ないわ）

彼が手にしているのは、古い日本家屋を修復するときによく使う中くらいの大きさのノミで、かなり切れ味がいいのは沙耶にもわかる。

「あいにくおれが目指しているのは、誰にでも軽くさわやかに飲んでもらえるものなので。お望みのものがないなら、よそでさがしてください」

新堂が答えると、ふっと月斗が笑う。

「あーあ、相変わらずですねえ、そのクソ生意気な態度、その傲慢な性格。職人のくせに欠点を直して精進しようというかけらも感じさせへん自信家、オレが一番嫌いなタイプの男ですわ」

ヘラヘラと笑いながら、あからさまに月斗が新堂に喧嘩を売っている。

「クソ生意気なのはあなたでしょう。一度の怪我で挫折して、宮大工のところを飛び出したあなたに、おれの職人としての姿勢をどうこう言われる筋合いはないです」

まずい、新堂が切れかけている。

「ハハハハハ、怒ってるんや。あんたもちょっとは見どころがあったようですね」

「わけのわからないことを。おいっ、純正、捨て犬を拾ったんなら、ちゃんとしつけしてから人前に出せ！」

わあ、酔っている。敬語を捨てた。初めて見た、こんな新堂すぐる。

「――っ！　今、オレを捨て犬と言ったか？」

ドンと手のひらで月斗がテーブルをたたいて立ちあがる。地雷だったらしい。今までの笑みを含んだ表情が消えている。

「ああ、言った。ボロボロになったおまえを高野山の墓場で拾ってきたんだろう、ここにいる金髪坊主が」

新堂が完全にキレている。これも初めて見た。

「そーや、それのどこが悪いんや」

と言いながら、ワンワン、ワンワンと面白がってつけくわえている。

「だったら、いちびってないで、さっさと小屋にかえって、おとなしく調教されてろ。もう少し社会性を身につけてから、一人でうろつけ」

いちび……意味わからない。

「なにが調教や。この、こっすいクサレ外道が。あんたのその態度がきしょいんや。なにが調教や」

さっぱりわからない。でもとってても悪い関西弁だということはわかる。

「うるさい、つまらないことを言うな」

「うっせーのはあんたやろうが。これ以上、憎たらしいこと言うんやったら、イケズな身体ごと簀巻きにして鴨川に捨ててやろうか」

するると純正がぷっと吹き出した。

「あかんよ、月ちゃん、不法投棄で逮捕される、こんな粗大ゴミ」

やれやれと呆れたように笑う純正に、沙耶はいいかげん我慢できずに口を挟んだ。

「ちょっと、二人とも、さっきからなにやってるの、酔うのなら、もう飲むのはやめてお開きにしましょうよ」

すると純正が沙耶の肩をポンと叩く。

「まあ、ええから。とことん、やらせればええ」

「ちょっと、このままだと殴り合いに発展しそうよ。純正さん、それでもお坊さん？　止めに入らないと」

「まだ口論だけやし、まあ、ええやん」

呑気にグラスの中身をちびちびとやっている純正から、沙耶はすばやくグラスを奪った。

「あのね。さすがにまずいでしょ、これは。純正さんが止めないなら、わたしが二人にホースで水をぶっかけるよ」

強い調子で言うと、ようやく重い腰をあげるように純正が立ちあがる。

「……もう、しゃーないなあ。たしかに、デカイ二人に暴れられたら困るし、沙耶ちゃんの頼みに従うわ」

「本当に？」

「ああ、そやからホースじゃなくて、グラスに水を用意しておいて。あ、念のため、たっぷり水を入れたバケツも」

バケツ……ホースよりもひどくない？

沙耶は苦笑いしながらも、三人分の水を用意した。それを一瞥すると純正はやれやれと肩を落として二人に声をかけた。

「すぐるん、月ちゃん、さあ、さっさとやめて、水でも飲んで」

グラスを渡そうとすると、新堂がそれを払う。土間に落ちたグラスが割れ、水で濡れるのも気にしない様子で新堂は純正の肩に手をかけた。

「純正さん、たのみますよ、何でも拾ってくるのはいいですけど、さすがにこの凶暴な野獣のようなやつ、きちんと調教してから外に出してくださいよ」

「もう、すぐるん、完全に酔ってるな。月ちゃん、大丈夫、ぼくには全然凶暴な野獣と違うからね。とってもかわいいよ。すぐるん、そんな言い方したらあかんよ」

呆れたように笑う純正の腕を月斗がぐいっとひっぱる。

「純正さん、そうですよね、オレ、とってもかわいいやつですよね。純正さんこそ、ダチ、選んでくださいよ。こんな性格の悪いイケズは、やめておいたほうがええっすよ。純正さんの値打ちが下がります」

「……そうかな、ぼく、このすぐるんのイケズな性格、けっこう好きやけど。根はやさしくて繊細なんやで、この人も」

ニコニコと笑いながら言う純正に、二人とも余計に頭にきたようだ。それは純正に対してではなく、互いに。

「純正さん、この新堂、オレを一度で挫折したと罵倒したんですよ、ひどいと思いませんか」

すると月斗に対抗するかのように新堂までもが駄々っこみたいなことを口にし始める。

「純正さん、言っておきますが、この元ヤン、その前におれをけなしたんですよ。職人としての姿勢を。それなのに、どこがかわいいんですか。それだけじゃなくて、酒も。さっぱりして軽くて後に残らないって、毒にも薬にもならないって……そんなことを」

「え、でも二人ともほんまのことやろ？」

純正がけろっとした顔で言うと、二人が「え……」と硬直した。

「それに、そんなこと、いちいちぼくに言いつけなくても、横で聞いていたからちゃんとわかってるって」

あくまで菩薩のようなほほえみで、淡々と言う純正に沙耶は啞然とした。

なに、この人。十九杯も飲みながら酔いもせず。しかも冷静に、笑顔で。もしかして一番怖いのでは……。

「言っておくけど、全部、ほんまのことやで。一度の怪我で挫折した月ちゃんも、軽くてさっぱりした酒しか造らないすぐるんも……。なんでほんまのこと言われて、二人とも怒ってるの？」

　あっけらかんと言われるうちに少しずつ二人の顔がひきつっていく。

「ああ、そうか、ほんまのことやし、むかつくんや。あかんあかん、もう少し大人にならないと。ほんまのこと言われて怒るなんて幼稚やで。さあさあ、最後の二十杯目、いただこう。沙耶ちゃん、奥にある『さやの息吹』の純米酒のほうを」

「……よかった、バケツの出番がなくて」

　ずるずると純正と二人で新堂と月斗を引きずって、客間の畳の上に転がせる。それまで廊下で眠っていた吟太郎とソラくんがどうしたのだろうと寄ってくる。

「ああ、起こしたの、ごめんね」

　何だ何だと二人の周りをくるくる回っている。

　新堂が無意識のうちにギュッと吟太郎を抱きしめると、ソラくんがその間にすぽっと入りこむ。

　ソラくん、すっかり新堂さんのことを飼い主の一人だと思っているようだ。

（吟ちゃんも、時々、わたしの寝床にくるし……同じか）

　そんなことを考えながら、二人を布団に寝かせると、やれやれといった眼差しで月斗を見ている純正に気づいた。

とても優しげな表情。大事に思っているのだ、月斗のことを。

「純正さん、お茶でも飲む？」

「ええよ、水飲んだし」

客間から出て店にもどって、カウンターにたまったグラスを洗おうとすると、純正がそれを止める。

「あの二人に、明日の朝、洗わせたらええ。罰や」

沙耶はくすっと笑った。

「わたし……新堂さんが酔っぱらったの……初めて見た」

「ぼくは二回目かな」

「え……」

「八田さんがやめると言ったときやったかなあ」

腕を組み、純正は客間のほうに視線を向けた。

「沙耶ちゃんに会う前や。おまえの酒はなってへんと言われたとき、やっぱり酔っぱらって、近くの公園に転がってた。この裏のところのベンチ」

あ、わたしがいたところだ。

「雨が降ってきたから、ぼくが拾って、うちの仏間に転がしておいた」

沙耶はぷっと笑った。

「純正和尚、拾ってばかり」

「僧侶だから」

「どうつながるんですか」

「まあ、深く考えんでええって。そんなもんやと思えば。あのときは酔っぱらいを拾っただけやし」

「わたし……酔っぱらいは苦手だな」

「ぼくは好き。酔っぱらって、理性なくしている人の世話、大好き」

幸せそうに純正がほほえむ。

「えっ、どうして」

「本音がわかる。弱さが見える。酔っぱらいの魂ほどおいしいもんはないやん」

「……っ」

啞然とした沙耶は純正を見た。

「そういう魂、いっぱい食べたら、ぼく、元気になるねん」

「死神ですか、純正和尚は」

思わず敬語でちゃかしてしまった。

「仏教には死神なんていないよ。まあ、ただの悪趣味やと思って。酔っぱらいの魂、とっても愛しいなあと思うだけやし」

言いながらにっこり微笑する純正に、沙耶はちょっと意地悪く微笑した。

「じゃあ、純正和尚が酔ったときは、わたしが介抱しようかな。魂、食べてやる」

「ごめん、堪忍な、沙耶ちゃん、ぼくを介抱することは、死ぬまで……ううん、来世まで無理やと思う」

「あ、お坊さんだから飲まない？　てことないよね、今、みんなと同じだけ」

「まあ、飲まれない程度に飲んでもええってことになってるから。飲まれそうになる前にやめることにしててんねん」

それ、思い切り言い訳に聞こえるけど。

「というのは冗談で、ぼく……どんなに飲んでも酔わへんねん」

菩薩さまのように美しい笑みに背筋がぞくっとした。もしかして一番闇が深いのはこの人だろうか。

「さて、と。二人が朝起きたとこ見て、笑いたいけど、おつとめもあるし、お寺に帰るわ」

純正は沙耶の肩をポンとたたいた。

「思い出した……酔っぱらいのすぐるん、二回目って言うたけど、三回目かもしれへん」

「いつ……ですか」

「さあ……いつだったかな、ごめん、忘れた」

ポリポリと指で頬をかき、首をかしげる。

さあって、さあって、忘れたって……ひどくないですか。

「まあ、ええやん、会う前のことは。四回目を楽しみにしたら。もっと飲ませて、もっとボロボロになるほど酔わせて、あの男の理性崩壊させて、おいしい魂、食べさせてもらえばええ。そのとき、多分、もっとすごい酒ができあがるから。その先にあるはず」

すごい酒？　目で問いかけた沙耶に意味深な含み笑いをむけたあと、「それではおやすみなさい。ごちそうさまでした」と手を合わせて純正が一礼する。

「ちょっと説明して。そんな含みのある言い方、意味わかんない」

「そのうちわかるって。ほんならおやすみ」

ニコニコと笑いながら純正が去っていく。

ボロボロになるほど酔わせた先にあるもの――。

何だろう、わからない。でも……なにかすごく大事なものがありそうな気がした。

新堂にとっても。沙耶にとっても。

4 蜜の極楽

「……このアホ、酒に飲まれるなとあれほど言ったのに」

翌朝、早めにやってきた八田さんが二人を見て、激怒していた。八田の命令で新堂と月斗は二人で店舗の掃除をさせられている。新堂は淡々としているが、月斗は思いきり肩を落としてしょげている。

「そこのヤンキーの兄ちゃんも、ほら、もっとちゃんと働いて」

「オレ、ヤンキーと違います」

「紫色の髪して、じゃらじゃら耳にいっぱいぶら下げて、ヤンキーやろ」

「違うって」

「ほら、文句言ってないで、そこ、拭いて」

拭き掃除をしている月斗の背中を、八田がポンポンとたたいている。

「あ……八田さん、ヤンキーと違いますよ。それ、隣の金髪坊主が拾ってきた調教前のワンコです」

新堂が言うと、月斗が調子に乗って、吟太郎の真似をしてお手をする。

「ワンワン、ワンワン……」

「なるほど。ポチか。じゃあ、これからはそう呼ぶ」

名前のセンスが……。

あーあ、と思っていると、ちょうど隣からお経が聞こえてきた。お鈴《りん》の音とともに。朝六時のお勤めだ。

「てことで、綺麗にしたたし、ポチくんは、そろそろ飼い主のとこに戻りますわ。朝のお勤め、一緒にしたいんで。あ、イケズのにーちゃん、シャワーも歯磨きセットもタオルも貸してくれておおきに」

月斗が自分のことを「ポチくん」と呼んでいる。

「いえいえ、ポチくん、お利口に働いてくれてこちらこそありがとうですよ」

冗談めかした新堂の言葉に、帰りかけていた月斗が戸口の前で足を止める。そしてふっと鼻先で笑ったあと、ふりむき、「堪忍な」と新堂の背にむかって呟く。

「あんたの酒……ほんまはめっちゃおいしい。気持ちええほどおいしい。昔……といってもガキのときやけど……あんた、しらっと冷めてる印象で、イケズなやつやと思ってたのに、純正さんが酒の神様みたいに褒めて……だからつい絡んで。けど……飲み比べして、ようわかった、あんた、ただのイケズやなくて、ほんまは感じのいいイケズやって」

ボソボソと月斗が語りかけていると、くるっと新堂もふりむき、眉間にしわを寄せて彼を見つめる。

「おれこそおとなげないことして申しわけなかったです。イケズなものでつい」

「いえいえ、ポチくんのほうこそ。しつけが行き届いていないんでついつい。てことで、失礼します」

　仲良くなったのかなっていないのか、よくわからないけど。

　沙耶が小首をかしげていると、八田が呆れたように笑う。

「それにしても隣の金髪の小坊主、ついに人間も拾ってきたのか」

「そうみたいです」

「あいつ……ポチのじいさんもオヤジさんも知ってるけど……あれが噂の雪森家の三男坊か」

「八田さん、月斗さんと知り合い？」

「一応、あいつのじいさんとは飲み仲間やった」

　何という狭い世界か。沙耶が驚いていると、八田がなつかしむように言う。

「じいさん、ポチの行く末を心配していたわ。仏師になるのをやめて、宮大工になるって、家を飛びだしたけど、あの忍耐力のないアホに修業ができるのかって」

　その身もふたもない言い方……ひどい。

「あの子のお兄さんはな、まじめで頭も良い秀才型で、仏師としても一生食べていけるだろうと言ってたけど、末っ子の月斗は大器晩成型の天才。才能をわかって育ててくれる相手と出会えたらいいけどと言ってたかな」

八田の言葉に、それまで床にモップをかけていた新堂がふりむく。

「天才……彼が？」

「そう、無垢で純粋で、感性が鋭すぎて……計算したり、周りの空気を読んだりすることができない天才。若い間は苦労するタイプらしい」

なるほど。だとしたらこれまでの彼の妙なところもわからなくもない。

「……そうですか」

新堂はそっけなく返して、背を向けた。

「それにしても沙耶ちゃん、あかんやん、いくら坊ちゃんでも二十杯も飲ませたら」

「沙耶さんは関係ないです、おれが挑発に乗ってしまって」

「挑発にねえ。やっぱり天才なんやな、あの男は。坊ちゃんを酔わせるなんて、なかなかできること違いますよ」

笑いながら言う八田に、新堂が避けるように視線をずらす。

「坊ちゃん、ええやないですか。一番苦手な姿を沙耶ちゃんに見られても。何でも裸にならないと始まらへんよ」

ぽんぽんと肩を叩く八田。新堂はちらっと沙耶を見ると、八田の手を引っ張って奥の作業場へとむかった。

裸って？　酔っぱらった姿を見られたくない？　まあ、杜氏が酒に飲まれる姿を見られたくないということだろうか。

数日後、いよいよ新酒グランプリの日がやってきた。

どうせなら、店として参加したかったが、まずは二人で見学にいくのもいいだろう。

吟太郎とソラくんの世話を純正和尚と紫子さんにお願いして、沙耶は新堂とともに松尾大社へと向かった。

「着物はやめたほうがいいですよ。飲みすぎたら大変ですから」

新堂にそう言われ、久しぶりに洋服を身につけた。

白いカーディガンと足首まであるふわっとしたベージュのワンピース。まだ蚊がいるかもしれないのでレギンスを穿《は》いて。足元はスニーカーにした。

ちょっとデートのようでドキドキする。

「わあ、すごい」

家からは京都駅行きの市バスに乗って四条堀川まで出ていく。そこから西側に向かうバスに乗れば近くまで行けるのだ。

そう遠くないような気もするが、停留所が多いのでけっこう時間がかかる。

「先に梅宮大社にご挨拶に行きましょう」

「うん」

途中でバスを降りて、住宅街のなかへ向かう。

洛中の天舞酒造のあるあたりと違い、現代的なふつうの家屋がふぞろいに建っている場所だが、小高い西山が近いのもあって雰囲気がかなり違う。

けれど北のほうのようなひんやりとした空気はない。

少し進んでいくと、いきなり住宅街の前に鳥居があり、駐車場と小川のむこうにそれらしき建物が見えた。

「やっぱり違うね、このあたりの空気は少し湿度がある感じ」

「そんなふうに感じるんですか」

「うん、何となく空気に密度がある感じがしない？」

「言われてみれば」

新堂は鳥居の前に立ち、まぶたを閉じて空気を吸いこんだ。

秋のさわやかな太陽の陽射しが新堂の長い睫毛の影を落とし、見ていると触ってみたくなる。もちろんそんなことはしないけれど。

「どう？」

まぶたを開けた新堂に問いかける。

「たしかに……そんな感じがする」

新堂がふっと微笑し、まじまじと沙耶を見つめる。あまりに幸せそうな眼差しで見つめられ、沙耶は少し照れくさくなって視線をずらした。

「どうしたの？」

「いえ……いいこと発見したなと思って」

「いいことって？」

「内緒です。さあ、お酒の神様に感謝しに行きましょう。もう二度と酔っぱらいたくないし、しっかり祈っておかないと」

酔っぱらったこと、まだ気にしているようだ。

あのあと、月斗は二日酔いで寝こんでしまったとか。新堂は幸いにも二日酔いにはならなかったが、醜態を晒したことがかなり恥ずかしかったようだ。

「さあ、行きましょうか」

沙耶の手をとって新堂が境内へと進んでいく。

「え……」

いきなり手をつかまれてびっくりしている間もなく、新堂はずんずんと境内を進んでいった。

今日はお酒の関係者は一斉に松尾大社に集まっているのもあり、こちらは空いている。

平日の昼下がりということもあって境内には人がほとんどいない。

「神苑……回遊式庭園が美しくて有名なんですが……名前通り、梅の季節が綺麗なんですよ。桜も菖蒲《しょうぶ》も。なので、春にまた来ませんか」

「……え、ええ」

春にまた……。その言葉にちょっと嬉しくなる。

春も一緒にいるつもりでいるのだ、この人。自分と一緒に。そう思うと、何となく自分の頬も桜色になっているような気がする。

進んでいくと、古めかしい楼門の前に着いた。

その上にずらりと並べられた酒樽の数々に思わず目を奪われる。

「わあっ、すごい」

「ああ、ここのご祭神——祀られている山の神様の大山祇神は酒の神様ですから」

「そうだったね、だからご挨拶に来たのよね」

「ええ、さあ、お参りしましょう」

手を洗ってお参りしたあと、おみくじを引こうとして沙耶はハッとした。

「え……なになに、ここも、すごい」

おみくじ箱の上や石段、土間で何匹もの猫が日向ぼっこしている。ふわふわとした毛並みの猫が目を閉じて、心地よさそうに。

「えっ、これ、どういうこと?」

テンションが上がる。こんなに猫がたくさんいるなんて、ここ、極楽?

「ああ、ここ、猫神社として有名なんですよ。野良猫が住み着いたかなにかで」

「えええっ、素敵」

「猫の写真家の人も紹介していましたよ」

「そーなんだ、素敵素敵」

猫好きだというのがわかるのか、何匹かの猫がにゃーと声をかけてくれる。

「あああ、幸せで死にそう。撫でたい、抱っこしたい、キスしたい、もふもふしたい。あ……でも我慢しないとね」

「我慢？」

「いきなり見知らぬ人間が可愛いからって触れるのって、猫ちゃんのストレスになる気もするし……他の猫の匂いがするとソラくんと吟ちゃんが嫌がる気もするし」

だから見ているだけ。それだけで十分幸せな気持ちになるから。

「……おれも沙耶さんに賛成です。すっごく可愛くて、ぎゅっと抱きしめたいけど……やっぱり吟太郎に悪いから」

新堂はそう言うと、猫に触れないようにしておみくじをとった。

「……大吉です。願い事、思うまま叶う。待ち人、来たる。旅行、今は控えよ。失せ物、すぐに見つかる。縁談、待て。恋愛、相手からくる。商売、努力すれば大きな利あり……よかった」

あ、商売のところしか意識していない。言葉でそれがわかって複雑な気持ちに胸が揺れる。縁談、待て。恋愛、相手からくる。と、さりげなく淡々と口にしたけど、本当に興味はなさそう。

「え……いいなあ、大吉か」

わたしはどうかな……とも、同じように猫を避けておみくじを引く。

「……なに、これ、おみくじに本当に凶なんてあるの？」
願い事――心配事多し。だが焦るな。
「心配ごと多いんだ」
待ち人――来ず。
失せ物――出るが役に立たず。
旅行――事故に注意。
争い事――負ける。
恋愛――今は待て。
縁談――途方に暮れる。
転居――今は控えよ。
商売――迷いごと多し。
いいことがひとつもない。なんにも良くない。こんなおみくじ初めてだ。
最初のほうに書かれているのは、冬来りなば春遠からじ。
つまり今は、自分にとっては冬のような時期。だからいろんなことを我慢しろということか。
（いろんなことって？）
今、気になっているのは、この人との結婚だけ。これからここでずっと暮らしていくのだから、それに見合った人間になりたい。

女将として恥ずかしくない知識、教養を身に付けたい。

そんなふうに思って、京都の勉強をしたり、こうしてイベントに出ようとしたりしているわけだけど。

「……」

普段は信仰が篤いわけではないのに、こんな結果になってしまうと、やっぱり不吉なことがありそうで不安になる。

何だろう、よくないことが起きるんじゃないだろうか。

今、手にしている幸せがなくなってしまうのじゃないだろうか。

そんなわけもわからない不安の影のようなものが胸をよぎり、ふっと寒気のようなものを感じて沙耶は身震いした。

それなのにおみくじから目を離せない。

(わたしらしくない……。いつもならこんなもの笑い飛ばせるのに)

沙耶が呆然としたままおみくじを見ていると、新堂はそれを手にとった。

「え……」

顔を上げると、彼はふわっと微笑した。

「これはこうするんです」

新堂はくるくるっと巻いて榊に結びつけてくれた。

「神様が守ってくれますよ。沙耶さんにいいことがないなら、世の中の人、全員にいいことなないでしょ」

　笑顔で言う新堂の横顔を淡い秋の陽射しが照らしている。

「……そう？」

「ええ、これは厄落としですよ。こんなのどかなニャンコだらけの素敵な神社で、しかも沙耶さんに悪いことが起きるなんてないでしょう」

「そ……そうかな」

「これからはいいことがいっぱいです。さあ、行きましょう」


　いいことがいっぱいか。

　新堂から言われた一言だけでいい気分になってしまうのだから、我ながら単純だ。

　梅宮大社から松尾大社まで徒歩で十分ほどの距離だ。その途中で桂川にかかった松尾橋を渡る。

「あ、むこうに朱塗りの鳥居が見える。あれが松尾大社？」

「ええ。この橋、けっこう長い橋なんですが」

「本当だ、すごく長い」

　鴨川とは雰囲気がかなり違う。

　もう少し野性的な感じだ。

全然、整備されていない。いや、一応、されてはいるのだろうけれど、なんか荒々しく感じるのはどうしてだろう。

「そうか、だから湿度があったのね」

京都市の北——洛北の鞍馬や大原から流れてくる川がまざりあう鴨川と違い、桂川はもっと遠く、愛宕山《あたごやま》のほうからやってくる。だからとても幅が広い。

「……そうですね、風に湿度がありますね」

「今日の天気のせいなのかどうか……はっきりとはわからないけれど、やっぱり水が近くにあったのね」

「水？」

沙耶はうなずいた。

「わたしの実家、海に近いから湿度が高くて。特別、蒸し蒸しした感じがするわけじゃないんだけど……帰省すると、何となく……あ、空気が重いなって肌で感じるの。そうすると食べたいものとか飲みたいものが変わるのよね」

「……なるほど」

そんな話をしながら、気づけば橋が終わり、阪急電車の線路を渡り、大きな鳥居の前に到着していた。

「うわっ、すごい、徳利がある」

朱塗りの鳥居の横に巨大な徳利が二本。お酒の神様の神社だというのがわかる。また梅宮大社とは違った趣きだ。

そして参道には、新酒グランプリに出店しているたくさんの店舗。日本酒好きが大勢集まり、すでにあたりに酒の芳醇な香りが充満していた。

テレビカメラも入り、今日、このあと、投票が行われ、今年の秋の金賞が決まるらしい。

会場の入り口で投票用紙とペンを渡される。

ここも梅宮大社と同じように、社のところにぎっしりと酒樽が並んでいる。ここまでずらりと並んでいると爽快な感じだ。

「こんなにたくさん飲めませんよね」

参道にぎっしりと並んだ店舗には、それぞれ店名のついた法被をまとった蔵人たちが樽から出した酒を客人に振る舞っている。

店名の入った地図をもらい、どの店のどの酒を飲むか考えていると、いきなり新堂を呼ぶ声が聞こえてきた。

「きゃあっ、新堂ちゃーーーーーん、久しぶり」

よく響く華やかな女性の声がしたかと思うと、紫色の法被を身につけた和服姿の女性が新堂に飛びついてきた。

淡いスモーキーピンクの着物を身につけた艶っぽい美人だった。

「あ……」

あの人だ。あのブログの。

玉出水酒造の若女将。たしか名前は……あれ、記憶にない。琴乃葉さんの墨絵のお師匠さんとか。絵だけでなく、毛筆で綺麗に記されたラベルが素敵だった。

「こんにちは、お元気そうですね」

「元気元気、あっ、こちらが天舞酒造さんの若女将？」

沙耶のことに気づき、和服美人がふわっと微笑する。

すらりとした長身、小顔、豊かな黒髪、土佐を舞台にした任侠映画の女親分にもなれそうな雰囲気の、艶と強さをそなえた女性だ。

「初めまして。私、玉出水酒造の若女将の玉出水《たまいずみ》冬香《ふゆか》。十二月生まれやから、冬の香りって書いて冬香。冬香って呼んで。あなた、お名前は何ていうの？」

突然の馴れ馴れしい口調に驚きながらも、沙耶はつられたように自己紹介した。近づいただけでふわっと漂ってくる桃のリキュールのような甘い香りがしてくる。

同性なのに、あまりの艶っぽさにうっかり見ほれてしまう。

「あ、あの、初めまして。まだ正式な女将ではないんですけど、遠野沙耶といいます。よろしくお願いします」

自己紹介している自分がひどく平凡なものに感じられた。空気が違う、まったく違う。

冬香からは綺麗なオーラが感じられる。

「沙耶？　沙耶ちゃんか。綺麗な響きの名前やね。新堂ちゃん、めっちゃええ感じの人やん。私、気に入ったわ、ええ友達になれそう」

ニコニコとして言う冬香に、新堂が困ったように笑う。

「え……」

自己紹介だけで、感じがいいとか友達になれそうとかわかるものだろうか。

そう思ったこちらの意図がそのまま伝わったのか、冬香は笑みを深めて沙耶の背をポンと叩いた。

「大丈夫、私、こう見えても客商売やから、人を見る目があるの。沙耶ちゃんは見ただけで、とっても素敵な人やってわかるわ」

いきなり「沙耶ちゃん」という呼び方にも驚いたけれど、それ以上に、あまりにぐいぐいと来られて面食らってしまう。パーソナルスペースが自分たちとは違うようだ。

「沙耶ちゃんて、『さやの息吹』の元ネタでしょう？」

「元ネタって……インスパイアされたと言ってくださいよ」

新堂が苦笑いする。

「そうそう、彼女のイメージで造ったお酒よね。あれ、飲み心地は軽いのにワイルドでとっても荒々しくて刺激的なお酒やったわ。でもちょっとイメージ違うかな。沙耶ちゃん、見た目、もっとおとなしそうな感じやね」

「そ……そうですか？」

「あんな野性的な感じはせえへんわ。私はこっちの方が好き。仲良くなれそうやわ。けど、新堂ちゃん、あんた、こんなかわいくて感じのええ子から、なんであんな荒々しいお酒をインスパイアされたん？」

「え……彼女……野性的ですよ」

新堂の返事に、一瞬、その場がしんとなる。

「うっそ、ほんまに？　この子のどこが野獣なん？」

野性的から野獣に変化している。まあ、どっちでもいいんですけど。

「冬香さん、沙耶さんがびっくりしてますよ。あ、それより、例の新作、いただいていいですか」

「あ、ええよ、どんどん飲んで飲んで。めっちゃおいしいから。あ、でも飲みすぎたら、他のお店のが飲めへんね。ちょっと待って、用意するから」

冬香は後ろを振り向き、そこにいた男性に合図を送った。

「おっちゃん、二人分、用意して。最高のやつ」

「おっちゃん？」

沙耶はその男性をちらりと見た。

「ああ、あの人、私のおじさん。うちの蔵人頭。だからおっちゃん」

「あの……冬香さんの旦那さんは杜氏さんなんですか？」

「違うよ。ここは私が生まれ育った店。うちの旦那は、お酒とはまったく関係ない人で、アメリカからやってきて、酒造りを勉強していたんやけど、修業が辛くなって出て行って……今はもうどこにいるかわからへん。つまり離婚したの」

「え……じゃあ、バツイチなんですか」

「ううん、バツ2。その前は大学時代に略奪愛で結婚したんやけど、一年も続かへんかったわ。今は仕事一筋」

「仕事って、女将さん？」

「私、蔵人なんよ」

「えっ……若女将では？」

「一応、そういうことにしておいたほうがお客さんが安心してきてくれるから。女の蔵人ってけっこうバカにされんの、セクハラもしょっちゅう。そやから反対に、若女将ということにしておいたら、変に狙われへんかなと思って」

ああ、なるほど。たしかにそうだ。これだけ色っぽい美人さんだと色々と大変な目にあうこともあるだろう。

「さあさあ、新堂ちゃん、沙耶ちゃん、飲んで。これ、私の自慢の新作」

小さな紙コップに入れた日本酒を手渡してくれる。

「ボトルはこれ。綺麗やろ？」

艶やかな紫のボトルに、純白のラベル。そこに彼女が書いた書と墨絵が描かれている。墨絵は観音様だろうか。

お酒の名前は『蜜の極楽』――すごい名前だ。

「これ、久遠寺さんに奉納されました？」

「うん、したよ。新堂ちゃんも試飲してくれたよな？」

「ええ、でもあれではわかりませんでしたから。一滴なんてありえないですよ」

「だって鏡割りしたら大人気で……というのは冗談で、新堂ちゃんに意地悪したん」

テヘッとした顔の冬香に、沙耶は「どうしてですか」と思わず訊いた。

「そんなん決まってるやん。このアホみたいな酒オタに、この最高のお酒を飲ませたらどうなると思う？」

「え……」

「うちに婿入りしたいなんて言わへんか心配になって。私、こんな酒オタのお婿さん、いらんから」

笑いながら言う彼女の言葉に、沙耶は思わず笑みを引きつらせそうになった。

「でも、余計な心配やったね。こんな素敵な婚約者がいるって知ってたら、もう二、三滴、多くあげたのに」

「それでも二、三滴ですか」

「当たり前よー。同業者にたくさんあげる気ないわ」

「今日はいただいていいんですよね」

「そうよ。今日はそのためのイベントなんやから。あの日は、仏さまにお供えした日。新堂ちゃんは、お寺関連以外の人間やったし、お隣という特権だけで顔を出してたんやから、一滴もらえただけでも感謝しないと」

よくわからない理論にも思えたが、たしかにそうだ。

「わかりました。では、今日は遠慮なくいただきます」

「どうぞどうぞ。さあ、沙耶ちゃんも」

コップを渡され、沙耶は「いただきます」と言って香りを吸いこんだ。

すごい、彼女からしている桃のリキュールのような香りがする。甘くて優しくて、ふわふわとした蜜のような感じ。

沙耶はそっと口に含んでみた。

同じだ。味も同じ。

「わあ、名前通りですね」

一口飲んだ瞬間、ふわっと濃密な甘みが口の中に広がり、すっと華やかな後味が全身に絡みついてくるようだ。

蜜の極楽……わかりすぎるくらいぴったりのネーミングだ。

「おいしい？」

「え、ええ」

「どんなふうに？」

「ものすごくおいしいです。桃のコンフィチュールのようにとろっとしているような感じがして……なんかものすごく夢心地のような余韻が残る」

「そうやろ、このとろみと甘い余韻を出すのが大変やったのよ。なにか付け合わせが欲しかったら、これはシンプルに柚子入りの千枚漬けあたりがええかな」

タッパに入れた柚子入りの千枚漬けを差し出してきた。

しゃりしゃりとしたやわらかな千枚漬けの食感と、心地よい酒とがよくあう。

「すごいですね、これ、今年の金賞だと思いますよ」

「他の、飲んでへんのにわかるの？」

冬香の問いに「はい」と新堂がうなずく。

「こんなすごい酒以上の酒があるとは思えないので」

すると冬香が幸せそうに微笑する。うっすらと眸に涙をためて。

「冬香さん……」

新堂が戸惑いがちに彼女を見つめる。

すると彼女は目にいっぱい溜まった涙をぬぐいもせず、頬を濡らしたまま、にっこりと、これまで見たことがないほど無邪気な笑みを浮かべた。

「いややわあ、新堂ちゃんにそんなふうに言われたら……なんや泣けてくるやん。どうしよう……困ったわ、金賞とるより、嬉しいわあ」

するとさっき彼女がおっちゃんと呼んだ年配の男性が近づいてくる。

「よかったですな、若女将。天舞酒造の新堂さんがこんなふうに褒めてくれはって。がんばってきた甲斐がありましたなあ」

「ほんまに。嬉しいわ、これとセットになった『愛の妙楽』ていうお酒もあるので、今度、一升瓶ずつ送ってもええかな？」

「ええ、ぜひ」

その言葉にはっとした。

その名前のお酒の一升瓶を久遠寺で見た。

（……じゃあ、やっぱりこの人が噂の美人女将……）

京都の北のほうと聞いていたので、丹波のほうくらいまでの北を想像していたが、たしかに彼女の蔵元があるのは、京都の洛北だ。

洛中ど真ん中の京都人からすれば、北山のあたりも「北のほう」になるのだろう。

宗門の偉いさんたちが彼女を見てざわついたという話を聞いたけど。

（……味よし、品質よしの蔵元。そして、若女将の見た目は天女……か）

完全にやばい。同じ京都市内の、小さな蔵元として完全に負けているではないか。

もちろん一番の敗者は、女将としての沙耶ではあるけれど、天女が売る蜜の極楽のようなお酒と、愛の妙を楽しませてくれるお酒なんて……すごすぎる。

これ、ものすごく強烈なライバルじゃない。

もしかして、おみくじの凶の原因はこの人？

不安でくらくらしている沙耶とは正反対に、お酒をもらえるということで新堂がこれ以上ないほど幸せそうな顔をしている。

ああ、何の危機感もなさそう。本物の酒オタだ、この人。

だから能天気に大吉を引いているのだ。

「おおきに。また感想言ってな」

「はい、もちろんです」

「嬉しいわ、みんなからおいしいと言ってもらえて」

また泣いている。

ハッと周りを見れば、周囲に人だかりができている。

天女の涙、極上の酒。

次々と注文が入っているのがわかる。注文が入る声が聞こえてくるたび、彼女が白いハンカチを握りしめ、本当に幸せそうに涙を流している。

この味を出すまでどれほどの苦労をしてきたのか。

彼女の涙から伝わってくる。

この人……綺麗なだけじゃない。色っぽいだけじゃない。

人間として、一人の道を志す人として、一本、しっかりとした芯が通っている。

次々とお酒が売れているから悔しいんじゃない。

自分より美人なことに、苛立ちを感じたりはしない。

自分よりもずっと人当たりがいいことも、頭がいいことも、色気があることも、おそらく男性にモテるであろうことも、素敵だなと思いこそすれ、悔しいとは思わない。

でも……真剣に人間として悔しいと思った。

（……わたしは……自分の道というものができていない。みんなで幸せになれるような生活空間を作りたいと思ったけど……まだそれがどんなものなのかわかっていない）

なにかをやり遂げたというような、あんな綺麗な涙を流せるほどのものが自分にはない。それが沙耶には哀しくて悔しかったのだ。

「……冬香さんのところ、金賞だと思ったのに銀賞か。どうしてかな」

帰宅してからぼそりと沙耶が呟くと、新堂が吟太郎とソラくんを可愛がりながら残念そうに言う。

「やっかまれたんでしょう」

「え……」

「審査員には、他の蔵元も入ってますからね。最高に素晴らしいものだから、みんな、金賞を取らせたくなかったんですよ」

新堂はさも当然のように言った。

「どういう意味？」

「嫉妬したんですよ。これで金賞でも取られたら、誰もかなわないから」

「そんなことって。卑怯な」

自分も悔しいとは思ったけれど足を引っ張ろうとまでは考えなかった。

蔵元にそんな人たちがいるなんて許せない。

「ひどいわ、あれが絶対に金賞なのに」

「沙耶さんもそう思いました？」

「いろいろ他にも飲んだけど、絶対にあれが金賞」

「おれもそう思いました。最初にこれだと思った通り、あとで他の蔵元のお酒をたくさんいただきましたが、彼女のところに勝るものはなかったと思います」

そう言うと、ソラくんを抱っこしたまま、新堂は坪庭から上空を見上げた。

「だから……悔しかった」

「え……」

「すごくすごく……悔しかったです、おれ」

そうだったの？

沙耶は驚いた顔で彼を見つめた。

「あんなお酒を造れない自分が悔しくてしょうがなかった」

大きく息をつき、新堂はうつむいた。

「うそ、幸せそうな顔をして飲んでいたじゃない」

「そりゃそうですよ、これでも杜氏ですよ。素晴らしいお酒を飲んだら幸せな気持ちになります。でも同時にたまらなく自分が情けなかった」

気づかなかった、新堂がそう思っていたこと。

「でもおれはちゃんと彼女のところの蜜の極楽に投票しましたよ」

「わたしも」

そうよね、そんな卑怯なことはできないよね。

「ちゃんと正しい気持ちで投票できたのは、沙耶さんのおかげです」

「へ……」

沙耶は驚いた声を出した。

「おれの欠点……おれに足りないものを、先に沙耶さんが気づかせてくれていたからですよ。そうでなかったら、自分に足りないもの……何かって……めちゃくちゃ焦った気がします」

「そんなことあった？」

「空気です」

「……っ！」

空気？　何のことだろうと、沙耶は新堂をじっと見つめた。

「沙耶さん……教えてくれましたから。おれに足りないもの」

新堂はそう言うと、まぶたを閉じて深く息をついた。

「新堂さんに足りないものなんてあるの？」

天才と言われているのに。八田さんも他の蔵人さんたちも、その腕前はなかなかものだと誉めていた気がするが。

「もちろんですよ、そんな身近なことも気づいていなかったなんて……しかも沙耶さんが気づいていることなのに。なんかめっちゃ悔しいと思いました。蜜の極楽を飲んだとき以上の悔しさでした」

本気で悔しそうというより、ちょっと幸せそうな新堂を見ていると、わけがわからなくなる。

「沙耶さん、言いましたよね。空気が違うせいで、飲みたい酒が変わるって」

「え……ああ、言った」

「それもそうだし、あの梅宮大社で空気に密度がある、川が近くにあるせいだと言っていたのも、おれにはちょっとした衝撃でした」

「そうなの？」

まったく気づかなかった。思ったままのことを口にしただけのことだけど。

「あのとき、先に自分に足りないものに気づいたから、蜜の極楽を飲んでも、その素晴らしさに感動しても冷静でいられました」

新堂は淡々と言葉を続けた。

「冬香さんのことも悔しかったけど、それ以上に、沙耶さんに対して悔しいと思ったから。だから公平に、彼女のお酒に投票しました」

そうだったのか。

「多分、すごいなと思いながらも、投票できなかった蔵元さんたちは、多かれ少なかれ、自己嫌悪を感じて……つい投票しなかったんだと思いますよ」

「ああ、そうか同業者だから余計にあるのかもしれないね」

沙耶は酒造りをする人間ではない。だからまっさらな気持ちのまま投票できたのだけど、同業者というのは、相手の素晴らしさがわかるだけに、その分、そうではない自分に対して少なからず複雑な思いを感じるのだろう。

「あのとき、おれは……もっと自分の感性を磨かないとと思ったんです」

「感性？」

「ポチくん……じゃなくて、月斗に言われてムカついたのもその通りだからなんですよ。勉強が足りていない。毒にも薬にもならない……思いあたることがあるのでイラッとしたんです」

そういえば、純正も話していた。本当のことだ、と。

「たしかにおれが感じている京都って……本当にこのあたりだけですから」

「でも前に、桜の名所に連れて行ってくれたじゃない」

「ああ、あれは高校の近くだったので」

「高校？　あのあたりにあるの？」

「そう、仏教系の男子校」

「仏教系！　もしかしてお隣と同じ密教系？」

なんか想像がつかない。仏教系の男子校ってどんなのだろう。

「いえ、浄土宗系。行事があるたび、南無阿弥陀仏と唱えていましたよ」

「制服って……もしかして、僧服？」

沙耶の質問には、新堂がぷっと吹き出す。

「まさか。全員が僧侶になるわけでもなし。ふつうに」

新堂はスマートフォンを出して高校を検索し、沙耶に自分たちの制服を見せてくれた。

「わあ、ふつうのブレザーなんだ。すごい、全員男子だ」

「男子校だから当然ですよ」

「新堂さんの大学もここ？」

「いえ、おれは公立に進学したので宗教は関係ないです」

「ああ、そうか、国公立は無宗教だっけ。じゃあ、お隣の純正和尚も京都のどこかの仏教系の大学？」

「彼は、もちろん高野山大学ですよ」

「高野山大学って？」

「和歌山にある大学ですよ」

「そんな大学があるのね」

「彼、あれでも首席だったみたいですよ。すごい論文書いていたみたいです。……本山に残らないかと誘われたくらい」

よくわからないけれど、すごいことなのか。

「でも……彼はそういうのに興味がなくて。だからかもしれませんね、あの金髪、ちゃらちゃらした態度」

「え……」

「権力とか地位に興味がなくて、もっと自由でいたい、それがこれからの仏教だと言ってあんなことしているんですよ。彼の一つの生き方です」

ああ、それはわかる気がする。

沙耶はまた胸が痛むのを感じた。

この思いは、冬香に感じたものと同じだ。新堂に対してもそう。誰もが一つの道を真剣に歩んでいるというのに、自分はどうなのか、という問い。

それに対しての……なんとも言えない嫌な気持ち。

(この人は、欠点を知って昇華できたと言ってたけど)

それはやるべきこと、進むべき道が見えていたから。だから素直に自分の嫉妬を認め、欠点を克服しようと思った。

沙耶にはその道がわからない。霧の中にいるようだ。

「どうしました?」

「あ、うん、少し疲れたから、そろそろ寝ようかなと思って」

「そうですね、今日はいろんな人に会ったし、いろんなところにも行ったし」

「楽しかったけど……情報量がたくさんありすぎてまだ整理がつかない感じ」

「松尾大社、気に入りました？」

「え……あ、あまり覚えていない」

「そうですか、では今度じっくり」

「うん」

また行くのか。……と、ちょっと視線を下げた沙耶に、新堂は気をとりなしたように言った。

「嫌ならいいですよ」

「え、嫌だなんて言ってないよ」

「そうですか？」

「ごめん、本当に疲れただけだから」

沙耶は笑みを作った。

「なら、いいですけど……本当は松尾大社で……もう一つ、大事な用事があって」

「お酒に関すること？」

「いや、そうみたいな、そうでないような」

新堂がめずらしく言葉を詰まらせている。

「どうしたの、変な顔をして」

「……いや、何でもないです、また今度にします」

そう言うと、新堂はソラくんを沙耶にわたし、吟太郎を連れて外に出た。

「こいつの夜のおしっこをさせてから、寝ます。沙耶さん、おやすみなさい」

「あ、うん、おやすみ」

どうしたのだろう、妙にギクシャクしている。と思ったそのとき、沙耶は彼がそこに置いていった松尾大社のチラシを見てハッとした。

これ、松尾大社の結婚式場のチラシ……。

白無垢を着た花嫁さんの写真が載っている。綺麗な式場が奥にあるようだ。

え……まさか。

松尾大社は縁結びでも有名らしい。

お酒の神様以外、知らなかったけれど。

もしかしてもしかして。

やばい、急に心臓が高鳴る。そのつもりでいてくれた?

テンションがあがって思わず、ソラくんをぎゅっと抱きしめる。

けれど同時に、さっきの凶のおみくじが頭をよぎる。不安の影となってまだ沙耶のなかにのこっていた。

恋愛も縁談も新しいことも、今はダメだって出ていた。

(それに……私自身、自分の道に迷っている)

だからだろうか。

素直に、喜べない。いや、嬉しいのは変わらない。大喜びだ。それなのに……。

5　天才の生きる道

少しずつ夜が長くなっていこうとしている。

朝六時前に始めていた吟太郎の散歩の時間を六時半に変更する。

いよいよ本格的な酒の仕込みが行われるため、さわやかな秋晴れの日「天舞酒造」では職人総出で機械の清掃をすることになった。

機械だけでなく、天井、壁、床……と。六月に一度清掃し、その後、夏に機械が壊れたときにも清掃をしたので、いつもの年よりもずっと楽らしい。

「この日が一年で一番ウキウキします」

頭に日本手拭い、マスク、藍染の作務衣に長靴、それから足元まであるビニールエプロンをつけて、職人総出で清掃をする。

「沙耶さんは、店のほう、頼みます。今日は一日忙しくしているので、わからないことがあったら明日にまわしてください」

「わかった。あ、掃除の写真、撮っていい?」

「どうぞ」

沙耶はスマホのカメラを手に、彼らが清掃している様子を写真や動画に残した。

ここで働いている蔵人たち——八田さんの孫のカオルさんや、京都大学出身の酒オタクの秀才くんたちがデッキブラシで床をゴシゴシとしている様子や八田さんが雑巾で丁寧に機械を磨いている姿……。

「六月は今年もありがとうという気持ちで。今日は、これからよろしくという気持ちで掃除をするんです」

そう口にしながら、新堂が熱心に醸造用の巨大な木桶を磨いている様子を動画に収めると、沙耶は店に行き、カウンターに座った。

お酒を買いにくる人たちに対応するのも沙耶の仕事だが、午前中は主にホームページ経由で入った注文に対応することが中心になる。

契約している料亭や居酒屋、飲み屋等々の相手は、定期的な大口契約だが、午前中に対応しなければいけないのは、ネットを通じての個人販売に対してだ。

在庫の有無、送り状の作成、それから宅配便が取りに来るまでに商品の確保……といった作業をする。

さほど種類があるわけではないのでそんなに大変ではない。

経理の知識も経験もないのだが、とりあえず店の税理士さんにインストールしてもらった会計ソフトに、入金出金の部分だけはその都度打ちこみ、伝票をファイリングするようにしている。

「……今日は二件か。もう少しがんばらないとね」

オンラインでの個人販売は、それほど大きな儲けにはならないけれど、最近はSNSで紹介してくれる人も多いので宣伝につながる。

以前に入りにくい雰囲気だと女の子たちが言っていたのもあり、近所の人やお客さんの意見をリサーチし、戸口の照明を明るくしたりソラくんと吟太郎と一升瓶を並べた写真のポスターや花を飾ったりして工夫をしてみた。新堂はそこまでがんばらなくてもいいと言うのだが、気になることがあるとついつい工夫しようとするのを止められない。

(もっと大きくしたいと思うのは……わたしのわがままなのかな)

この前の新酒グランプリにしてもそうだ。

出店する以前の段階として、新堂は当然のように申しこまなかった。

たしかに彼の言うように、今の段階では、何とか蔵元としての存続が成り立っているだけというのはわかるけれど。

沙耶は京都の情報サイトを検索してみた。

出てくるのは、冬香のニュースばかり。

『今、話題の美貌の女杜氏が造った、魅惑の美酒「蜜の極楽」——惜しくも金賞を逃し、銀賞となったが、注文数では他を圧倒』

『奇跡の銘酒「蜜の極楽」と「愛の妙楽」を造ったのは、女手一つで、老舗酒造を背負う美貌の若女将にして、新進気鋭の女杜氏』

『冬香さん、次作は自身の人生をモチーフにした「天女の愛」をテーマに、飲むだけで幸せな気持ちになる醸造酒に挑戦』

すべての話題を彼女がかっさらってしまったようだ。

それ以来、これまでの注文数が十分の一ほどにぐっと減ってしまった。

同じ京都の市街地にある蔵元として自然と比べられてしまう。

伏見の大手企業たちと違い、個人で細々とやっている老舗というのがここの売りだが、まったく同じような条件のところに、こんなに話題が集まったら、完全に「天舞酒造」は霞んでしまうだろう。

まずいよ、これは……本当にまずい。

何とかしなければ、完全に食われてしまう。

そんな焦りを感じながらも、だからといって具体的にどうしていいのか。

それがわからない。

ひとまずは自分も外に向かってアピールしていかなければ……と、沙耶は新しく始めたブログ――「洛中の蔵元日記」の更新を始めた。

「今日は、蔵元にとって一番大切な清掃の日です」

思い切り平凡なことしか書けない。文才もないし、何か特別な取り柄があるわけでもないし。

などと思いながら、まずはみんなが床を掃除している写真、それから新堂が樽を掃除している動画を流す。

そのあと、この前、新堂から聞いたことを踏まえながら掃除の様子について綴った。


うちの杜氏は、掃除が大好きだと笑顔で言ってました。

これから造るお酒を想像しながら、道具を綺麗にしていると心がウキウキしてくるそうです。

六月の大掃除のときは、ありがとうと感謝を込めて。

そして秋の大掃除のときは、これからよろしく、一緒においしいお酒を造っていきましょうという気持ちを込めて。

うちの杜氏は「洗米、蒸米、麴と生酛造りも大事だけど、なによりも清掃が一番基本なんですよ」と口癖のように言います。

今日はその大切な日。愛情を込めて道具を手入れしています。


果たしてこんな平凡なブログにどれほどのアクセス数があるのかわからないけれど、それ以上の楽しい話題が思いつかない。

少しでも店の役に立てばという気持ちで、毎朝、ここに座ったときに記すことにしたのだが、大した話題もないのであまりアクセスされていないようだ。

いろんなハッシュタグを使って検索してもらえるようにすればいいのだが。

一応、女将として自分の写真も出しておいた。

若女将候補「沙耶」と、看板犬の吟太郎と看板猫のソラ……と、みんなで一緒に店の前で撮った写真を。

（そういえば、あの人、今日はどんなブログを書いているんだろう）

そっと冬香さんのブログをのぞきにいく。

見てしまうと、自分との差を見せつけられるようなので見ないようにしなければと思いながらも、ついつい毎日のぞいてしまうのだ。


こんにちは。

玉出水酒造の冬香です。

比叡山からの風に本格的な秋の訪れを感じるようになりましたね。

このたびは、私が魂を削るような想いで造った「蜜の極楽」と「愛の妙薬」をたくさん注文してくださってありがとうございます。

心からの御礼を申しあげます。

たくさんの取材、たくさんの注文に忙殺されておりますが、新しいシーズンを迎えるにあたり、心を静かにしようと少し遠出して源光庵《げんこうあん》のスキを見に行ってきました。

源光庵のある鷹峯《たかがみね》は、私どもの新しい店舗からは徒歩でもそう遠くない距離です。

鷹峯の里には、ここにあった芸術家村の代表的な本阿弥光悦《ほんあみこうえつ》ゆかりの光悦寺や常照寺がありますが、比較的、観光客が少なく、しっとりとした静かな雰囲気に心が洗われたような気持ちになります。

桜や紅葉の季節に、静かに観光したいときはオススメです。

なんて書いてしまったら、静けさがなくなるでしょうか？

京都の有名観光地にはない、そこはかとない静謐な風情に私はとても心惹かれます。

特に源光庵のススキを眺めていると、そこに吹く秋風のささやかな声が聞こえてくるようで幸せな気持ちになるのです。

源光庵は伏見城落城のときの血天井があることで有名ですが、ここには私にとってとても大切な禅の心を現した窓が二つあります。

円形になった「悟りの窓」と、四角い形の「迷いの窓」……。

悟りとは、「禅と円通」の心を表しています。

この円とは大宇宙を表現しているそうです。

大宇宙といっても遠い宇宙ではなく、我々が生きている世界もその一部だというのがここからわかりますね。

そして「迷いの窓」の四角は、人間の生涯——決して逃れることのできない四つの苦しみと八つの苦しみ四苦八苦である「生老病死」を現しています。

誰もが感じること、もちろんそれは私の中にもあります。この迷いの窓べに立ち、風になびくススキの穂を見つめているうちに心が静かになっていきます。

そのときの気持ちのままその場でススキと窓を写生し、帰宅してから色紙に墨絵と、感じた言葉を記しました。

私が感じた静かなひととき、心の安らぎ、そして悟りと迷い……そんなものを込めて描いたものを店内に飾りました。

私のお酒を一口味わいながら、そんな静けさを一緒に感じてみませんか？

よかったら見にきてくださいね。


そう記された日記の下に、源光庵の窓の写真と、ススキの穂先にそっと手を伸ばしている伏し目がちな冬香の姿が横から撮られた写真。

ハッシュタグもたくさんある。

日本酒、杜氏、蔵元、京都、町家、禅、源光庵、悟り、日本庭園、女将、血天井、京都の秋、秋、墨絵、玉出水酒造、蜜の極楽、愛の妙薬、天女の捧げもの、天女……。

（……なんかすごい、やる気にあふれている）

なぜ天女まであるのかよくわからないが、とにかく彼女がブログをたくさんの人に読んでもらいたいと思っているのが伝わってくる。

沙耶が作っているブログとまるで違う。

わたし、こんなこと書けない。

プロフィールをたしかめると、沙耶と違って彼女は生粋の京都人だ。

年齢は……なんと沙耶のほうが一歳年上だ。

二十七歳。京都市生まれ。書道、華道、茶道を五歳の頃からたしなみ、墨絵を六歳にして自らやってみたいと始める。

大学時代、葵祭の斎王代のお付きの巫女を経験。時代祭では小野小町を担当。

(すご……すごすぎる。もう天と地ほど離れてる)

こんなに完璧な相手をライバルだと思うなんてとんでもない。

絶対にかないっこない。

所詮、自分は、他府県からやってきた人間。もちろん京言葉なんて話すことはできないし、京都の歴史も地理も不案内だ。

うらやましいと思ってしまう。

沙耶も京都に生まれたのに、ものごころついたときに四国に行ってしまってこの地のこと何もわからない。

記憶といえば西陣の町家でみんなでご飯食べていたことぐらい。

あまりにもその記憶が鮮明だったので、そんな食卓を作りたい、そんな家が欲しいという気持ちから京都にやってきたのだ。

でもここの人間ではないのだ。

この蔵元で過ごすようになってそれをしみじみと痛感している。

この前のひやおろしの試飲会がいい例だ。

名刺を渡されるたび、地名や店の名前をまともに読むことができなくて頭が真っ白になった。

みんなあたりまえのように知っているお寺すら知らなかった。

何を祀っている人なのかもよくわかっていない。お祭りのこともちっとも知らない。年中行事のことだって疎い。

生まれたときから京都に育ち、京都になじみ、当然のようにこの地の風習や文化を体の中に溶け込まして生きてきた人とはまるで違うのはわかっている。

絶対にそうなれない。どんなに俳優さんががんばって関西の言葉を話しても、関西人でない人の話す関西の言葉は絶対に完璧にはならないそうだ。

それと同じで自分も絶対に生粋の京都の人間になれないのではないか――というような、そんな不安を感じているのだ。

冬香さんに会ってから、さらにそれが強くなった。

大丈夫かな、わたしでいいのかな。

経机の引き出しを開け、そこに入った松尾大社のチラシを見る。

神前結婚式――彼は真剣に考えてくれている。そのことに胸がパッと明るくなる反面、不安の影がちらつく。

自分でいいのだろうか……という。

「……沙耶さん、沙耶さん」

名前を呼ばれていることに気づき、ハッとした。

新堂が顔をのぞきこんでいた。

「え……っ」

パソコンを触っていたあと、経机の前でぼんやりとしているうちにうたた寝してしまっていたらしい。

「ごめんなさい、また寝ちゃってた」

「いいですよ、どうせお客さんも来ない時間帯だし」

時間帯と言われ、ハッと時計を見るとちょうどお昼ご飯の時間になっていた。

「まいどどうも。お弁当、届けにきましたよ」

立ちあがりかけたそのとき、近所の仕出し屋さんがやってきた。

今日は清掃の日なので、ごくろうさまという意味もこめて職人さん全員にお弁当を注文していたのだ。

「あ、全員、奥の作業所にいるんで運んでください」

「了解です」

「二人分はこっちへ」

新堂は自分と沙耶の分のお弁当を手に取ると、沙耶に目配せしてきた。店舗の奥にある蔵バルのほうで一緒に食べようという合図だった。

「う、うわあ、おいしそう」

カウンターに座り、お弁当を開ける。すると秋の味覚にあふれたお料理がずらっと並んでいた。

ふんわりと香りが漂ってくる松茸ご飯と栗のおこわと鮭のそぼろご飯。

さつまいも、秋茄子、松茸の天ぷらとエビ天。

鶏南蛮、秋刀魚《さんま》の塩焼き、だし巻き卵。

「わたし、これ、大好き」

沙耶はヨモギの生麩を口に含んだ。

もっちりとした食感が心地いい。

「生麩、好きなんですか？」

「大好き。いろんな料理ができるよね」

この食感が心地いいのもあるが、いかにも京都って感じがして魅力的なのだ。

「生麩のおつまみ、考えてみますか？」

「あ、このバルの？」

「ええ」

生麩の料理というのはどんなものがあるのだろうか。

「この近くに有名なお店があるので、そんなに好きなら買いに行きますか？」

「いく、いきたい」


その日の午後、清掃が一段落したあと、沙耶と新堂は吟太郎の散歩を兼ねて、徒歩で十五分ほどのところにある生麩専門店へむかうことにした。

「沙耶さん、待って。その格好では冷えますよ」

お店用に着ている珊瑚色のウールの着物だけで出ようとした沙耶に、新堂がストールを手渡す。

「わあ、ありがとう。そうか、すっかり日暮れが早くなったね」

見たことのないストールだ。

「これ、わたしのじゃないけど」

絹でできた葡萄色の上質のストール。触れただけで絹のやわらかさが伝わってくる。こんな上等のさわり心地、初めてだ。

「ああ、それ、そこの西陣織の店から新作をいただいたんですが、沙耶さんにどうかと思って」

「……わたしに？」

「すごいんですよ、そのストール。ちょっと日向に出てみてください」

言われるまま、ストールをはおって日の当たるところに出た沙耶は、葡萄色だったストールの色が臙脂色に変わったことに気づき、はっと目をみはった。

「すごい、どうして」

「ああ、それは特別な絹糸で織られたものなんですよ」

「特別な？」

彼の話によると、江戸時代、紫色というのはご禁制の色だったらしい。だから庶民は身につけることができなかった。

「それで光の加減で、室内にいるとき、赤が紫色に見える糸を使ったらしいんです。それを復刻させて着物にしていたみたいなんですが、最近、小物にもし始めたみたいで、その試作品をいただいたんです」

「わあ、嬉しい。試作品なんていただいていいの？」

「ええ、着心地とか評判とかお伝えしたら喜ばれると思いますよ」

「お礼はしなくてもいいの？」

「それは大丈夫です。うちも試飲会に招待しましたし。町内会の者同士の暗黙の了解というか、昔からの商売をしている者同士の付き合いのようなものです」

なるほど。老舗同士のお付き合いか。

「そういえば、このあたりのような老舗とは全然格が違うけど、うちの母のお店も、なんかそんな感じだったかも」

とれたてのカツオを安価で持ってきてくれた相手に作りたての定食をご馳走したり、土佐文旦のわけあり商品を無料でたくさん寄付してくれた相手には、その文旦で作ったゼリーを届けたり。

あちこちにお礼状を書いたり、もらったものをチェックして、ちゃんとお返しをするようにしたり。

そういう商売をしている者同士の付き合い。高知にいたときはけっこう面倒だなと思っていた。

ここではちゃんとやろうとは思っているが、今もむずかしいとは思う。

「さあ、行きましょうか」

「うん」

西の空が少しずつ金色になるにつれ、東の空がゆっくりと幕が閉じるように藍色の闇空に包まれていく。

空気がひんやりとしている。

少しずつ日暮れが早くなり、冬が近づいているのがわかる。この前まで青々としていた桜の葉がいつのまにか朱色に色づきはじめていた。

吟太郎と一緒に歩く散歩道。朝夕、こうして二人で二十分ほど散歩をしている時間がとても好きだ。

「比叡山が遠くなったね」

ぼそりと沙耶がつぶやくと、新堂が興味深そうに問いかけてくる。

「遠く？」

「うん……なんか夏になるにつれ、どんどん緑が濃くなるせいか、こっち側にぐいぐいと近づいてくる感じがしてたのに、冬の前になると、紅葉して、それから山の木々が葉を落とし始めて、どんどん遠くに行く感じがする」

新堂が立ち止まり、東の山並みに視線を向ける。

一番北側にある比叡山がとりわけ高く、そこから少しずつ南に向かって山並みが下がり、途中に大の文字が描かれた大文字山が見える。

「……本当ですね……少しずつ遠くなっていく気がします。緑のせいだけじゃなくて、空気全体が」

「どんなふうに？」

「わからないけど……空気が澄んでいるせいか……そんな気がするんです」

あ、同じだと思うと、嬉しくて笑顔になる。

同じことを感じて、それをたしかめるような、こうした時間が好きだ。

別々のところで育ち、別々の風習や環境で暮らしていた自分たちに同じ共通点を発見すると、一緒にいることが必然に思えてふわっと胸の奥があたたかくなるのだ。

「わたしもそう」

言いながら、沙耶がくしゅんとくしゃみをすると、新堂はその反動で肩からするっと落ちかけたストールに手を伸ばし、襟元で整えてくれた。

その様子をきょとんとした顔で吟太郎が見ている。

うらやましく感じたのか、ワンッと吠えるのが愛らしい。

「吟ちゃん、さあ、行こうか」

沙耶が声をかけると、ふりふりと尻尾を振って吟太郎が散歩コースを歩き始める。

「大きくなりましたね、吟」

「秋田犬ってすごいね、こんなに大きくなるなんて」

自分の話題だとわかるのか、吟太郎がワンワンと楽しそうに声を上げる。もう、そのままギュッと抱きしめたくなるかわいさだ。

「沙耶さんのところは土佐犬の本場じゃなかったですか?」

「えっ、ああ、そうね。土佐犬の子犬、本当にかわいいけど、飼育が大変だから、市内ではあまり見かけたことがなかったかな。今は、青森かどこかのほうが本場になっている気がする」

「犬、飼ったことは?」

「一度だけ。雑種の野良犬が、うちの家の裏で雨宿りしていて。そのまま飼うことにしたの。けっこうなおばあちゃん犬だったけど、すっごくかわいかった。新堂さんは?」

「おれは吟太郎が初めてなんです」

「そうなの? 動物に慣れているようだけど」

「ずっと子供のころから久遠寺さんのウサギや猫、犬の世話を手伝っていたので。散歩も行ってましたし」

「そういえば、純正和尚、拾い癖があるって」

「ええ、生きとし生けるものすべてに愛を注ぐとか訳のわからないことを言って、生き物……なんでもかんでも拾ってくるんですよね」

「子供のころからそうなんだ」

新堂が子供のときは彼も子供だ。だとすれば、その当時からいろんなものを拾ってきていたことになる。

「……」

どうして……と言いかけて、沙耶はやめた。

訊くのは簡単だけど、無遠慮に訊いていいことではないような気がしたからだ。

仏教徒だから、僧侶だから……ということが理由というよりももっと深いなにかがあるような気がして。沙耶も困っている人につい手を貸そうとする性格だが、それとはかなり異質だ。

「どうしました、真面目な顔をして」

「あ、ううん、そして……ついに人間まで……とか、そういえば紫子さんや八田さんが言ってたなと思い出して」

「ポチく……いえ、月斗くんのことですね」

「月斗さんて……昔からの知り合いだったの？」

「え……」

「この前は、まったく知らない人みたいに言ってたけど、互いのこと、ののしりあったりしてたから、もしかして古い知り合いかと」

「小学生のとき、一学年下にいたのは知っています。でも知り合いというほどでは。ああ、でも一度、お隣の祭りのときだったかな。一緒に神輿《みこし》か山車《だし》かなにかをかつぐことになって、そのときに一度だけ喧嘩した記憶があります」

「かなり前のことじゃない。喧嘩の原因は？」

「さあ……記憶になくて。性格悪いって言われたような気が……全然覚えてないんですけど」

そういえば、この前もそんなことを口にしていた。

「ああ、そうだ、思い出した。おれ、練習に全然参加しなくて、無理やり、当日、兄さんに連れていかれたんですけど、そのとき、参加している子供に一人、すごく機嫌が悪いやつがいて、それが月斗くんだったと思います。サボっているやつなんて参加させたくないと言い出して」

それならちょうどいい、参加しなくてもいいと帰ろうとしたら、なぜかさらに彼が怒りだして喧嘩になって。

「あとでこっぴどく怒られたんですけど……そのくらいですね」

話をしているうちに、ちょうど生麩専門店の前に到着した。

「吟太郎とここで待っていますから、好きな生麩、好きなだけ買ってきてください」

「好きなだけ？」

「料理をしてみたいなと思う分だけ」

「わかった、帰ったら、一緒に考えてね」

「考えますが、たまには沙耶さんが考えてください」

「……わたしが？」

沙耶は硬直した。

「そう、自分の食べたいものを」

「どうして」

お客さんが喜んでくれるものを考えようと思ってはいたけど、わたしが食べたいものなら意味がないじゃないかと思うのだが。

「沙耶さんが食べたいものが多分一番おいしいですよ。おれの酒もそうですから」

そう言いかけ、新堂はハッとした顔で店のある方向に視線をむけた。

「あ……そうか。そういうことか」

えっ、なにがと思ったが、自分一人でなにかすごく納得した様子で、新堂はうなずいていた。

よくわからないけれど、そのうち考えがまとまったら話してくれるだろう。そう思いながら、沙耶は店に入っていった。

自分の食べたいものを自分で考えて自分で作る……か。

たしかにこれまで新堂に料理は任せきりだった。

「でも……たしかにこの蔵バルは、わたしがやりたくて作ったんだから、ちゃんと料理も自分で考えないとね」

といっても、普段は、店にきた客にはカウンターで試飲してもらうだけで、蔵バルを開くのは、金曜日と土曜日の夜だけの予定だ。

一杯ワンコイン、おつまみの盛り合わせワンコインというのが理想だが、おつまみの盛り合わせのメニューがまだ完成していないのだ。

「いつも新堂さんがささっと作ってくれていたのよね。でも精米が始まったら、そうもいかなくなるもんね」

足元にいる吟太郎とソラくんに話しかけながら、沙耶は買ってきたばかりの生麩をカウンターの調理場に並べてみた。

「そうですよ、清掃が終わったら、精米が始まります。精米は日本酒造りの中で、原料にしている米の磨き作業ですが」

カウンターに入ってきて、新堂は沙耶の横にポンと酒粕の入った袋を焼いた。蔵元なので、ここで出す料理の一部には酒粕を使うことにしているのだ。

「お米、ああ、和嘉子さんの実家と契約している酒米ね」

「そうです。その作業を磨くというんですが、酒米というのは表面にビタミンやタンパク質があって、それが酵母の働きをたくさん促進して……微妙な風合いになることが多いんですよ。だから余計なものをそぎ落として、中心部のいい部分だけを残していかないといけないんですよね」

「そんな苦労があるのか。磨けば磨くほどいいの？」

「いえ、絶妙なタイミングがあって、磨きすぎると、逆にさらさらしすぎた酒になってしまって。おれの造る酒はその傾向が強いんですよね。毒にも薬にもならないって言われてますから、もう少しコクがあっても」

かなり気にしているようだ。

「そうかな。そのさらっとした口当たりがわたしは好きだけど」

「ですが……最近はコクがあるのが人気で」

もしかして、冬香のところの酒の影響だろうか。

「新堂さんはそういうお酒が好きなの？」

沙耶はまな板をとりだしながら問いかけてみた。

「おれ？」

「そう、新堂さん」

「……」

どうしてそんなことを質問するんだというような顔で新堂はまっすぐ沙耶を見た。

「おれはどんな酒でも好きですけど。沙耶さんは？」

「わたし？」

「そう」

同じ言葉を問いかけられ、沙耶は「うーん」と考えこんだ。

「どうだろう、同じかな、おいしければそれでいい……みたいな」

沙耶は新堂と違って、もともとそんなに日本酒が好きというわけではない。一日の終わりに、軽くいっぱい飲めればいいくらいの。

だから日本酒でもビールでもウイスキーでもワインでもカクテルでも……何でも良かったりするのだ。

「わたしの意見は参考にならないよ、知ってのとおり、本当に一、二杯しか飲めないんだから」

「一、二杯か……」

今度は新堂が腕を組み、考えこみ始めた。

「いつもはどうしてたの？」

「いつもわりと自分の勘で造っていて、どういうふうにしようなんてあまり考えたことがなかった」

「じゃあ、どうして突然考えるようになったの？」

「……そういうのも必要じゃないかって、最近思うようになってきて」

やはり冬香の影響か。あるいは月斗に言われたからか。

多分、どちらも関係しているだろう。

月斗に、毒にも薬にもならないと言われ、さらさらとしすぎているのではないかと思っていたときに、正反対のタイプの冬香の酒を知った。

そのせいで、彼は酒造りに悩むようになったのだろう。

「来週の月曜から精米に入るのよね。スタート地点で決まることもあるんだし、料理はわたしががんばってみるから、その間にじっくり考えてみたら？」

答えは、沙耶がどうこうできるものではない。彼がどんな酒を造りたいのか、それは彼自身の問題だから。

（あ……そうか。そういうことか）

反対の立場になって、ハッとした。

月斗の家をリノベーションするかどうか相談したとき、どうして新堂が「沙耶さんが決めることですから」と言ったのか。

同じだ。相手の仕事を尊重しているからこそ、自分の感情を口にしてはいけないという気持ち。

冷たいのではない、尊重しているのだ。

「酒のことは……おれが命がけで考えるつもりですけど、それのヒントになるかもしれないので、料理、手伝いますよ」

「ヒントって？」

「酒とセットになるものを作るわけですから、どの味にどの料理がいいかとか考えながら手伝いたいんです」

「ああ、なるほど」

「酒だけで楽しめるもの、料理と一緒のほうがいいもの、いろいろ造りたいです」

沙耶は心のなかで「あ……」と思った。

今までは、料理と一緒のものが中心だったのに、酒だけで楽しめるものがそこに加わっている。

月斗の影響だ。彼は「酒は酒だけで楽しむもの」と言っていた。そういう相手にも味わってもらえるお酒。それも新堂の視野に加わったのだ。

（なんかいい感じ。あの喧嘩には参ったけど、そうした中で得たものを糧にしていくのって、いいな）

人とぶつかり合うのも、決して悪いことじゃない。やりたいだけやらせて、本音を吐露させる、それがおいしいと言っていた純正の言葉の意味が少しわかってきた気がする。

こうした人の変化が純正は好きなのだ。それを見るのが。

自分もそう思う。こうして変化していく姿を見て、その人たちがもっと楽しいと思う空間を作ったり、その人たちがそうした変化を実感できる場を作ったり。そんなことをするのがとても好きなのだ。

「……てことで、沙耶さん、生麩なんですけど、おれの説明、聞いてます？」

「あ、うん、聞いてる。進めて」

「はい、じゃあ、いきますよ」

新堂は次々と冷蔵庫から野菜や具材をとりだしていった。

「やっぱり新堂さんが料理が上手なのって……お酒との相性を考えているうちに得意になったのよね？」

冗談めかして問いかけると、新堂の手が止まる。

そしてふと考えこむようにして「そうですね」とぼそりと呟いた。

新堂はちょっと照れたように微笑した。

「でも料理を始めたのは未成年のころですよ」

「じゃあどうして」

「酒に関わってみたかったので」

「ええっ、まさか未成年のときから飲んでいたんじゃないでしょうね」

「飲んでいました……と言いたいところですが、蔵元として、法律違反は絶対にできませんからね。飲めないけど、家に染みついた香りや職人さんの様子、顧客の言葉、酒にまつわる神事、なにより父が生き生きと働く姿にあこがれて、気がつけば、アルコールを飛ばした酒麴や酒粕の料理、飲み物の研究をしていて」

「根っからのお酒好きというより、酒米が好きなの？」

「……あまり深く考えたことなかったですけど、そうかもしれませんね。あ、そうだ、沙耶さん、生麩の天ぷらがお好きでしたよね」

「そう。やはりお酒に合うのは、天ぷらでしょう」

「あと、白味噌、鍋物、お吸い物あたりもあるんですが……お酒が相手だと、汁系のものじゃないほうがいいですね」

「じゃあ、田楽、煮物……それから」

「あんかけとか、どうですか？」

「あんかけ？」

パッと思いつかない。

「作ってみますか？」

「あ、うん……」

「全部作ってみましょうか。一日一食ずつ。純正和尚に試食を頼むのもいいでしょう」

ちょうど月曜まで四日ある。

本当に酒好きなんだ。こういう熱心なところ、好きだなと思う。

一つの道に真摯に生きている人というのはとても美しいのだ。

「あんかけにする場合は、まず生麩を出汁でさっと煮て、味を含ませるんです」

「なるほど」

「それから、次に野菜。賽の目や千切りにした季節の野菜も出汁で煮るんですけど、今の季節なら……なにがいいでしょう」

「うーん、栗とさつまいもと松茸しか思いつかない」

「……」

新堂は冷蔵庫からニンジンとごぼうとレンコンとしめじを取り出した。

「あんかけにあうと思いますけど、どうですか？」

「そうか、秋は根菜類ときのこ類がいいのよね」

「このあたりをささっと煮た汁に鶏のひき肉を入れてそぼろを作ったあと、水でといたくずを入れてとろみを入れると、ちょうどいい感じのあんが出来上がります」

言われた通りに作ったら、簡単においしい根菜野菜ときのこと鶏そぼろのあんができあがった。

「うわうわうわ、すごくおいしそう」

このままご飯にかけてもいけそう。

「こういうあんものには、ふつうにシンプルなゴマ入りの生麩が合いますね」

「そうか、生麩の種類にもよるのよね」

たしかに、ヨモギや栗だとちょっと違う気がする。

ヨモギは天ぷらやバターソテーがおいしいだろう。栗は煮物。厚揚げと一緒に煮るのがあいそうだ。

「完成したあんの上に山椒をささっと少しだけかけたら、ピリッとして酒にあう風味ができあがります」

「わあ、最高」

たしかに、ぐいっと一杯いきたくなるような感じだ。

「付け合わせは？」

「それはこれ」

新堂は千切りにした柚子を出した。

「これを薄く切ったかぶらに載せれば、千枚漬け風の漬物のできあがり」

「酒粕は？」

「酒粕はこっち」

新堂は酒粕入りの豆乳プリンを作ってくれた。

「すごいすごい、新堂さん、天才」

「でしょう？」

「どうしてこんなにお料理、思いつくの？」

新堂が綺麗な器に盛り付けているのを見ながら沙耶は問いかけた。

「なにもかもすべて……酒造りの延長線上にあるんですよ」

「？」

沙耶は首をかしげた。

「みんなが幸せそうに酒を飲んで、なにか食べている姿って、そこにいるだけで幸せな気持ちになるじゃないですか」

もしかして、この人も自分と同じことを目指しているのだろうか。

「……」

人が幸せになれる空間。

沙耶もそれを目指して町家作りがしたいと思っていた。

幼いころの団欒に憧れていた。それと同じものを。


「わーい、今日は招待してくれておおきに」

その夜、純正和尚が月斗を連れてやってきた。

「この前はすみませんでした。反省して、純正さんのところで、十数枚、写経しました。今日は、ふつうに飲んでいってもええですか？」

月斗は遠慮がちに問いかける。

「わあ、嬉しい。どうぞ。この前も別に謝ることじゃないよ。楽しかったから」

二人が蔵バルに入って、テーブルの席につく。

「これ、新作です、よかったら」

新堂が二人に生麩のあんかけと、柚子千枚漬けと、酒粕入りの豆乳プリンのセットを差し出す。

「これにはどんな酒が合うん？」

純正が問いかけると、新堂は「天翔の舞」を小さな切子グラスに入れて差し出した。

「そうですわ、これには澄んだこの酒がええ」

「そうなの？」

すると月斗が言った。

「あんかけのようなとろっとしたものには、さっぱり系のほうがいいんです」

「そうですね、ポチくん」

「イケズさんのお酒、お料理と一緒ならおいしいです」

「それはありがとう。明日はヨモギの生麩のバターソテーと天ぷらを出す予定ですけど、ポチくんも食べにきますか？」

「いえ……あの」

月斗は遠慮がちに首を左右に振る。

「ええやん、すぐるんと沙耶ちゃんの料理、おいしいよ。といっても、ほんまにおいしいのはすぐるんが作ったお酒やけど」

「そうですよ、そのための料理ですから」

「で、すぐるん、バターソテーと天ぷらにはどのお酒？」

「この場合は、『さやの息吹』がいいんじゃないですか。野性味があふれるほうが」

「そうやな。ざわざわした感じがするけど、結局、すぐるんのところのお酒はさっぱりしていて喉越しがええから、油料理に合うな」

ああ、そうか。さっぱりしているというのは、そういうことなのか、と改めて気づく。

たしかに油っぽい料理には、ウーロン茶や緑茶のほうがあう。

「今日はどうしたん。この前と違って、めっちゃシャイやなあ、ほんまに」

純正和尚がポンと月斗の背中を叩く。

「すみません、反省してます」

今日はおとなしい。ワンコバージョンらしい。

「おいしかったです、ごちそうさまです」

日本酒二杯、それから出した料理を綺麗に食べたあと、月斗はぺこりと頭を下げて純正を残して去っていった。

「今日は、どうしたんですか、彼」

新堂が心配そうに問いかける。

「また逆行したかな。あれでもだいぶマシになったんやけど」

「マシって?」

「うん、拾ってきたときは、まったく喋れへんで」

「なんかあったの?」

訊いていいのかどうか。けれど迷う前に問いかけていた。

「あの人のお父さん、無形重要文化財か何かなんやけど、めちゃくちゃ厳しくて……子供のころから月ちゃんもお兄さんもものすごい修業してきたんや」

「仏師でしたね。八田さんが知り合いだったと」

「そうそう、そやけど、月ちゃん、性格的に不器用というか、器用なお兄さんと違って、言われた通りにできなくて、お父さんと揉めてばかりで」

「それ、下手ってこと？」

沙耶が尋ねると、純正は首を左右に振った。

「その反対。天才やねん、あいつ」

「……あ、やっぱり。八田さんもそんなこと言ってたけど」

「仏像フェチのぼくにはそれがはっきりとわかるし、多分、お父さんもわかってはったから、余計に厳しくしはったんやろうな」

「天才て、どんな？」

新堂は純正のグラスにもう少し酒を足した。

「見たまま彫ることができひん代わりに、見た以上のものをイメージだけで彫ってしまうんや、月ちゃん」

「え……」

「たとえば、お兄さんは、それこそ見たままのものを正確に綺麗に、一ミリの狂いもなく彫れるらしい。けど月ちゃんはできひんねん」

見たまま。それもすごいと思うけれど。

「月ちゃんは、感覚で物事を捉えてしまうから、見たまま正確にっていうのが無理で、その反面、その魅力をもっと増幅させたような作品を作ってしまう。そやから、依頼通りのものはできひん。ただ依頼以上のものは作れる。でも、師匠としては、それでは困る、最初はやっぱり依頼通りのものが作れるようにならなあかんと教えて」

それで揉めたのか。

「つまり、お兄さんは見える天才……職人中の職人で、弟は見えない天才……どちらかというと、芸術家肌ってことですね」

「そうやな」

「でも今の時代は、お兄さんのほうがずっと重宝されますよね」

「そうやな。仏像なんて、昔と違って、需要がないし……有名な快慶や運慶といったあたりの仏師が作ったものと同じものを望まれる」

つまり月斗のようなタイプは生き残るのがむずかしいのか。

「それが月ちゃんには無理。そやから親と喧嘩して、飛び出して、宮大工の有名な棟梁のところに飛び込んだんやけど」

わかった。沙耶はハッとして言った。

「そこでもうまくいかなかったんだ」

れる。


「そうや」

そりゃその通りだ。

宮大工の棟梁なら、なおさら、オリジナリティよりも注文通りの作品を作ることを望まれる。

「けど、元々の技術はすごいから、そこそこ仕事はできたみたいなんや。本人はいろいろそのために我慢して自分を殺してストレスやったみたいやけど」

けれどそうして無理をしていたせいか、事故で怪我をしてしまった。

「そういうことだったの」

「お父さんは戻ってきて欲しかったみたいやけど、本人は意地でも戻りたくないみたいで、それで高野山の奥の院のあたりをふらふらしていたところを拾って」

「墓地ってそこ?」

「そうや。奥の院の杉木立ちのところ。あそこ、二十万基の墓があるんやけど、明智光秀か誰かの墓のあたりでふらふらしていたんや。ちょっとお山にご挨拶にいったときにばったり会って、そのまま連れて帰ってきた」

「そうだったの……」

新堂は沙耶の肩をポンと叩いた。

「稀有な才能ゆえ、その才能を持て余している。だからこそ帰りにくいのかもしれませんね。途中で出た以上、なにかを成し遂げないと」

「ぼくは……宮大工として、まっさらな感覚で生きていくのが一番やと思うけど」

「ああ、だから本堂の修復を？」

「そう、自分の本能に気づくことがないか待ってるんやけど」

ニコニコと笑いながら言う純正を、沙耶は感動したような眼差しで見つめた。

「どうしたん、沙耶ちゃん、そんな顔をして」

「えっ、だってすごい」

「すごいってなにが」

「純正和尚、本物の仏さまみたい」

沙耶の言葉に新堂が吹き出しそうになる。

「沙耶さん、それ、褒めすぎ」

「そう？　でもそうじゃない、そんな深い気持ちで他人のことを見つめられる人なんて、わたし、初めて会ったよ」

「あかんで、そんなに褒めても何も出てこおへんよ」

「いや、そんなんじゃないの。本当に感動したの」

するとと新堂がクスッと笑った。

「これ、この人の性分なんですよ」

「性分で人助けができるの？」

「人助けっていうか……まあ、やっぱり僧侶なんですかね」

「そうやな、なんか正しい道っていうのが見えてるのに、みんな、すごく迷ってばかりやん。でも人間やから迷って当たり前。その迷いから本当の道に進むまでの姿を見つめるのがすごく好きなんや」

「そんないい人、やっぱりいないよ」

沙耶が笑顔で言うと、純正は照れたように酒をぐいぐいっと呷った。

「沙耶さん、褒めなくてもいいです。これ、本当にこの人の性分で、本人が好きでやっているだけなんで」

好きでやっている……。

でもそれはやはり自分にゆとりがなければできないのではないだろうか。ふつうに、日常を生きているだけでは無理では……。

「実はな、ぼくも同じなんや」

しばらくしてから純正がぼそりと呟いた。

「多分、すぐるんもそうやと思うけど」

「そうですね」

言葉がなくても通じ合っている。同じというのはどういうことか。

「古い伝統を受け継ぐ家に生まれた人間の葛藤……」

「……っ」

「今の現代社会から逆行しているような人種なんや、ぼくらは」

「そうですね」

「家に縛られなくていい、近所づきあいなんて必要ない、結婚は自由、男女同権、自分で自分の人生を選ぶ権利がある、人間は独立している、パワハラ、モラハラはダメ、男尊女卑もだめ……たしかにその通りや、けどな、それでは受け継げないものもあるんや」

「はい」

「もちろん暴力やセクハラはあかん。犯罪行為はあかん、けどやっぱり先輩僧侶は後輩僧侶に対して、他の人から見たらパワハラと思われるような言動をとってしまうこともあるし、すぐるんところかて、すぐるんがパワハラやと思ったら、八田さんの言動なんかは完全にそうや」

「そうです」

「けど、それだけではすまされへんもんがあるやろ。人間関係には。外側から見たらそう見えるものでも、内側からは違うこととか。ぼくもすぐるんもそう言う世界で生きているし、古い伝統を受け継ぐ家は、京都以外もたいていそんな感じや」

　なるほど。たしかにそうかもしれない。

「どっちがええとか答えは知らん。けど、ぼくは僧侶になって久遠寺のあとを継ぐしかなかったし、すぐるんかて、酒を造る道以外の選択肢なんて選びようがなかった。月ちゃんもそうや」

「どうしても嫌なら別の道を選んでもいいんですけどね。思春期に反抗するやつも多いですし。でも……不思議なことに、結局、気がつけばそこに落ちついているんですよね。生まれたときからの世界に誇りを感じるようになって。もがきながらも……なぜか」

代々受けつがれて継続されてきたもの。逃れたくてもいつもつきまとわれるようなものとでもいうのか。その重みが彼らの言葉からずっしり伝わってくる。

「みんな、大なり小なり同じ葛藤を抱えて生きてきた。そやから、少しでも助けたいと思うだけ。なんでもかんでも助けるわけやないんや」

そうだ。ここに住むようになって、今まで避けてきた近所づきあいや古い習慣や挨拶などの大切さに気づいた。

高知にいるときはそんなものに対して否定的な気持ちでいたけれど。

今はそれもいいなと思うようになってきている。

人も家も店も一人ではない。それだけでは成り立っていない。

いろんな人間関係の枠組みの一部なのだということがわかってきたからかもしれない。

「わたしには多分本当の意味でのその重荷はわからないけど……でも……言いたいことはわかる」

沙耶は純正と新堂のグラスに酒を足したあと、自分のグラスにも足した。そしてさわやかな喉越しのそれを飲みながら、笑顔になった。

「最初は八田さんの言動には本気で驚いたし、ありえないと思ったけど、でも……今なら色々わかるよ。全然パワハラじゃないし、思いやりで出ているってことも」

「沙耶さん……」

「月斗さんもそうなんだろうな。お父さんや宮大工の棟梁との関係……決して悪いものじゃなかったけど……どうしてもなんというかその縛りを自分で抜け出るために今は必要な時期で……。純正和尚は、彼がその縛りを自分で解き放って、自分の道に進みたいと思うようになるのを待っているのよね」

「そうや、あんた、ほんまによう理解してくれるんやな、沙耶ちゃん」

「この人、最初から大切なものが見えているんで」

「やっぱりすぐるんはほんまにええ相手を見つけたわ。で、いつ結婚するん？」

ストレートな問いかけに、新堂と沙耶は固まった。

「いつって……」

二人でハモってしまった。

「え……なんも決まってへんかったん？」

心底驚いたように問いかけられ、沙耶と新堂は目を合わせた。

なんも決まっていない……。

そう、なんも話し合っていない。

「あかんなあ、二人とも。ちゃんと話し合いや。生麩のソテーを作る前に、そっちの話しあいをして。さっさと日取りを決めて、みんなに報告してくれんと」

6　愛のあるべき場所

翌日はヨモギの生麩の天ぷらとバターソテー。これには『さやの息吹』があうと新堂が言った通り、とてもいい感じの喉越しだった。

その翌日は、粟の生麩と厚揚げと人参とさやえんどうの煮物。これには、『天翔の舞』を利用した柚子酒がマッチした。

それからその次は、栗入りの生麩に、白味噌と柚子味噌の田楽。そこに大根の煮物と豚の角煮を添える。

「これにはどんなお酒があうかな」

「これはなんでもあいますね」

新堂が楽しそうにいろんなお酒を小さなグラスに順番に注いでいく。

「うん、なんでもええかも」

純正と月斗がやってきて、この前のように酒と一緒につまみを食べ始めた。

「新堂ちゃん、新堂ちゃん、おいしいもの食べさせてくれるって本当？」

明るい声を響かせ、ガラガラと表ののれんをくぐり、突然臙脂色の艶っぽい着物を着た冬香が現れた。

今朝の彼女のブログには、南禅寺と永観堂の紅葉が紹介されていた。そろそろ本格的な紅葉シーズンだが、その前の、ちょっと色づき始めた緑の紅葉も美しいものだと、秋晴れの木漏れ日にきらめく木々の写真と南禅寺の三門を紹介していたのだ。

絶景かな、絶景かな……と、歌舞伎の中で石川五右衛門が見渡したとされる南禅寺の三門からは、京都の街が一望できる、と。

「今日は綺麗な紅葉の写真、アップされてましたね。まだ緑の」

「えっ、沙耶ちゃん、私のブログ、読んでくれてんの？」

まずは一杯と、天翔の舞を飲みながら、冬香が白味噌の田楽を口に頬ばる。

五人座りの楕円形の一枚板のテーブル。みんなで話ができるようになっている。

一番奥に月斗、真ん中に純正和尚、それから冬香という並びで座った。こちらは新堂と沙耶が座って。

「今日は、写真撮ったあと、座禅してきたの」

するると純正が興味深そうに問いかけた。

「座禅なんてするの？」

「うん、好き。心が落ちつくやん。そしたらお腹が空いてきて、それなら、ここにこようかなと思って」

「冬香さん、おいしいものが食べられるってどこで知ったのですか？」

新堂が不思議そうに問いかけると、冬香が帯の隙間からスマートフォンをとりだして、新堂に画面を示した。

「沙耶ちゃんのブログ」

「え……あ、見てくれてるんですか。嬉しい。今日、書いたのよね。杜氏と二人で新しいメニューを考えているって。なんか食べたいものがあったら教えてくださいみたいなことと一緒に」

少しずつ蔵バルの準備をしていることを記していた。新堂が料理をしている手元の写真を撮ってアップしておいた。

「面白いよね。沙耶ちゃんのブログ。今日なんて、ここにいきなり熊の着ぐるみを着た人が映っていて」

「熊の着ぐるみ?」

わけがわからず沙耶はスマートフォンをとりだして、自分のブログを見た。

するといつの間にか沙耶の顔写真が熊の着ぐるみ写真に変わっていた。

「えっ、ええっ、どうして」

冬香さんを真似して紅葉の着物を着た写真をアップしたはずだったのに、熊の着ぐるみを着た写真に替わっていたのだ。

いつの間に……。

「わたし、熊の着ぐるみなんて着たことないのに」

「誰かが加工したんじゃない？　でもこのブログ、今朝、これになってからアクセス数が増えているんよ」

「え……」

　本当だ。これまで十数人だったのに、百人を超えている。

「でもやっぱり困る。こんなの、変だから。何でわたしが着ぐるみを」

　誰がこんないたずらをしたのだろう。ブログというのは、自分以外、誰も書けないもののはずなのに。

（あとで元に戻しておこうかな。でも自分の写真にいたずらされるのも嫌だし、ソラくんと吟ちゃんだけの写真にしておこう）

　そんなことを考えながら、みんなのお皿を次の料理に交換していると、冬香が沙耶の手をすっととった。

「え……」

「……沙耶ちゃん、今、お酒飲んでいるから、正直に訊くけど……あんた、本当にこんなことがしたくてここにいるん？」

　冬香の突然の質問に、それまでなごやかな顔をしていた男性三人が少し困惑したような顔で二人をちらちらと見る。

「どうしてそんなこと……」

「同じ女として気になる。沙耶ちゃん、この蔵バルのデザイン……したんやってね。すごいやん、こんなええお店、なかなかないよ」

「……あ、ありがとうございます」

褒められるのは嬉しいが、その意図がわからず、沙耶は口ごもった。

「才能ある女性やのに職人の家の嫁になるって……どこかで無理してへん？　男のために犠牲になってるんと違う？」

その問いかけに、男性陣三人がさらに困ったような顔になり、自分たちのグラスに酒を注ぎ足している。月斗でさえも。

「私も悩んだんよ。お酒造りも好き、墨絵も好き……どっちも選べなくて、いろんな男とつきあって、二回も結婚に失敗して……三回目も失敗」

「え……っ」

三回目という冬香の言葉に、その場にいた全員が同じように「え……っ」と口にして顔を上げた。

「三回目って」

「ああ、別に入籍していたわけやないけど……私、すぐに惚れて尽くしてしまうのよね。墨絵関連で知りあった……華道家とずっとつきあっていて……その思いをたくして造ったのが、あの二種類のお酒。新堂ちゃんが『さやの息吹』を造ったのと一緒……」

「そうだったんですか。どのあたりに？」

酒の話になり、新堂が顔をあげる。

彼が興味があるのはその相手ではなく、もちろん作り方だが、冬香もそれがわかったらしく、おもしろおかしくその話を続けた。

「洗米のときにね、私の想いをぶつけてやるーっとか、私を否定したやつらを見返してやる……なんて、いっぱい考えながらやって……温度の調節ももろみも麹造りも、愛と怨念を込めまくって」

冬香によると、彼女は京都を本拠地にしている妻子ある華道の家元とつきあっていたらしく、そのことでこの一年ほど心も身体もボロボロになったらしい。

華道の家元が出張先で倒れて入院したことがきっかけで不倫が発覚したとか。どうも冬香も一緒に行っていたとかで。

その結果、相手の妻から訴訟を起こされそうになったり、息子たちから「父を狂わせ、うちの流派をめちゃくちゃにした」などと言われて、華道関連の施設への出禁にされたり。相手の男からは連絡がなくなり……。

「ほんまに大変やったんよ。ストレスで心筋梗塞になって倒れて入院したり、気がつけば華道会館の前で大雨に濡れながら立っていたり」

「……っ！」

心臓が止まりそうなほど驚いた。

「安心して。すぐに冷静になったわ。何で、私があんなやつらのために苦しまなあかんの……なんて、腹が立ってきて」

よかった。沙耶は唖然とした顔のまま話を聞いていた。

「そのとき、私を助けてくれたのがこの純正和尚さん」

「ああ、あのときな。道端でずぶ濡れの美女がいたからとりあえずぼくの車に乗ってもらって、自宅に送っただけ。あのときは車におばあさんもいたし、安心してもらえるやろうと思って」

「紫子さんにも感謝してる。二人とも、何も言わず、事情も訊かず、幽霊みたいになってる怪しい女を車になんて……ふつうはできひんでしょう」

冬香はぐいぐいと酒を飲みながら言葉を続けた。

「大丈夫、ちゃんと知ってたから。すぐるんのライバル酒造の人って」

純正が冬香のグラスに酒を注ぐ。

「うん、あとでそう言ってたな。でも……おかげでやるべきことが見えた。絶対、この屈辱と呪いを酒に込めてやると誓ったんや」

「じゃあ、温度調節をいつもと変えた理由って……」

新堂の問いかけに、冬香がこくりとうなずく。

「そう、私の愛の怒りから。そやから火入れをしない生酒は、昨シーズンはことごとく失敗してしまった」

ハハと笑いながら言う冬香に、新堂が納得したように笑う。

「ああ、それで生酒がなかったんですか」

「そうそう、生酒の、さっぱりした味わい、私にはできひんわ。新堂ちゃんとこ、すごいよね、ふつうのお酒でもさっぱりしてる」

「それ、褒め言葉ですか？」

「もちろんや」

「……」

新堂はうつむき、首を左右にふった。

「それだけではわからないんです。おれは冬香さんのところの、あのコクやとろみのあるお酒にすごく感動しているんですけど、それって、怒りのせいですか？　北山の気温とかが関係しているのでは？」

「そう、それもあるかな。北山に引っ越してね、寒さを感じるようになってコクのあるお酒を飲みたいって思ったから。まあ、それに加えて、あのクソ家元をなんとかしてやりたいと思ったのもあるけどね」

クソ家元という言葉に、純正がくすっと笑う。

「冬香さん、それ、大きな声で言ったらダメですよ。京都華道界、いえ、日本の華道界の大スキャンダルなんですから」

「わかってるわよ、そんなことしないわ。私がほんまにアホなだけやから。怨念こめてお酒作ったりしてほんまにアホ。でももう立ち直ったから」

グラスを次から次へとあけていく様子、その声。まだ完全には立ち直っていない、傷ついたままなのだ。などと思いながら、彼女のお皿を交換する。

「クソ家元なんて……ほんまは思ってへんよ。華道家としての、あの人の花に惹かれて運命の恋やと勘違いして私が暴走しただけ。時々、必要になるねん、駆り立ててくれるもの、私もすごいものを造りたいって……猛烈にインスパイアしてくれる存在が。それで、いつも痛い思いして……でもまた懲りずにアホなことして……私、そのくり返し」

冬香は淋しそうにほほえんだ。

「まあ、今回もその経験のおかげで、あの二種類のお酒が造れたからよしとしようかなと思うことにしたんや。最終的にはお酒造りのことしか集中できなくて、墨絵もラベルのためにしか描けなくて……そうしているうちに、いらないこと、全部体から抜けて、純粋にお酒造りだけしていた自分がいるわけやけど」

「気持ちわかります」

新堂が笑顔になった。

「わかってくれるの？」

「ええ。おれもそうなんで。お酒を造っているとき、気がついたら、全部抜けているんですよ。半年近く、毎日毎日、お酒のためだけに生きていると、その間に自分の余計なもの、すべて削ぎ落とされて」

「そうなん、そうやったわ、生酒には失敗したけど、毎日毎日、温度をチェックして、毎日愛を込めて造っていたら……私の中の負の感情も消えたわ」

「ですよね。でもだからこそ、純粋においしいお酒ができたんだと思いますよ。あのお酒は、憎しみや復讐心や呪いから造られたものには思えません。純粋に、冬香さんのお酒への愛情しか感じなかった」

新堂の言葉に冬香の瞳が潤み始める。綺麗ではあるけれど、復讐心や呪いを口にしていたときの、少し荒んだような、夜叉のような雰囲気が消えてふわっと和やかになっていくのが感じられた。

「愛情……愛情だけ？」

「ええ。酒は正直です。造り手の魂のレベルに合わせたものしか造れないです。造り手の人生の鏡です。ですから、あの酒が素晴らしいと評価されるのは、冬香さんのお酒への愛情ゆえです」

するとと冬香がその場で号泣し始めた。

純正と月斗が顔を見合わせ、沙耶に目配せして、そっとバルをあとにする。

自分もその場にいないほうがいい気がして、新堂に目配せして沙耶はそっと店舗のほうに移動した。

店舗でパソコンを立ち上げて、ホームページのメンテナンスをする。誰かに加工された自分の写真を吟太郎とソラくんの写真に替え、週末から日本酒バルで、ワンコインで生麩の料理を出すことなどを書き添えて。

「……」

バルから店内に冬香の声が聞こえてくる。三人がいなくなったあと、しばらくして泣きやんだ彼女と新堂が酒造りについて話をしているようだ。

杜氏同士しかわからない世界。ものすごく楽しそうな雰囲気を感じ、ああいうのもいいなと思った。

共通の目標、共通の仕事を持った人間同士の関係。

ライバルだと思うから圧倒されるのだ。

叶わない相手だと思えば、ただただスゴイとしかいいようがない。

沙耶はスケッチブックをひらいてみた。

さっき、冬香に、これでいいのかと訊かれたとき、どきっとした。

そして、彼らの会話に感動した。

愛情を込めて酒を造る。造り手の魂の鏡。あれを聞いて、真剣に考えなければと思った。

そう、愛情を込めてできるなにか。

一度だけ、ちらっとのぞいてみた月斗の家。

京都にはまだまだ何万軒と古い町家があり、毎年、何百軒と解体されているという。それを少しでも残したくて、活かしたくて、やってみたかった。

それが自分の究極の目標ではないけれど……。

あの町家をどうしたいのか……考えてみたい。

二人の会話を聞いているうちにそんなふうに感じるようになった。

一つの道を志す人間同士。目標が同じであればあるほど、共鳴せずにはいられないなにかがあの二人にはあるのだ、と気づいたときに。


その翌日、沙耶は、昨日、途中でいなくなった月斗と純正に、彼らに出しそびれたデザートを届けにむかうことにした。

酒粕と蜂蜜と生クリームに柚子を添えた和風パンナコッタ。

天舞酒造の敷地に柚子の木がいくつかあるのだが、それもあって新堂は柚子を使った料理が好きらしい。

これも新堂の発案だった。

「これ、二人に届けてくるね」

「お隣とポチくんのところに？」

あ、またポチくんなんて呼んでいる。

「食べたいって言ってたし、純正さんからも内装のアドバイス頼まれていたし。じゃあ、ちょっとだけ行ってくるね」

沙耶がくるっと背を向けたそのとき、背中にむかって新堂が言う。

「沙耶さん、いいですよ、別に」

「いいって？」

玄関で立ち止まり、沙耶はふりむいた。

「内装……リフォームをやりたいならやってあげたらいいと思うんです。ポチくん、沙耶さんの造った蔵バル……本当に好きそうですし」

「どうして……でもこれからお酒造りの一番大切なときなのに」

「だからこそ……そう思ったんです、昨日、冬香さんと飲みあかして……」

同じ目標を持つ者同士、急速に心が通いあっていくような雰囲気だった。

以前の沙耶なら、不安で気持ちが揺れたかもしれない。でも冬香と彼は職人同士のつながりがあるだけだ。おたがいを尊敬しあい、刺激しあっている同士とでもいうのか。そこに男女は関係ないし、色恋もない。

だからこそ、自分も彼らに刺激され、昨日はスケッチブックにいろんなリノベーションのイメージを描いていた。

「あの男……あのポチくんは、天才的な宮大工です。彼が修復した仏像も見ましたし、久遠寺さんの本堂で、彼が直した欄間も見ました。すごい技術です。その彼が沙耶さんの才能に気づいた。もしかして二人ですごいものが造れるかもしれない。……おれは、それを妨げるような存在にはなりたくないんです」

沙耶は唇をかみしめた。

「だから自由に、好きにしてください」

前なら冷たく感じたかもしれないその言動。今は痛いほどよくわかる。それは彼の自分への思いやりだ。こちらの人格、感情を尊重しているからこそ、沙耶の可能性を伸ばそうとしている行為。

そんなことやめてほしい、自分のところにいてほしい――と言ってほしい気持ちもあるけれど、同時に、そうではないところが彼らしいと思う。そんなところを愛しいとさえ思うのだ。

酒造り――という一つの道に真摯に、それこそ命がけで生きている人間だからこそ、他者が何かにむかって前に進もうとしている姿を本当に尊く感じてくれる。背中を押してくれる。自分の感情よりも、相手の人生と未来を大切に思うからこそ。

「……まだわたしの答えは見えないの。でも、ありがとう。そう言って他人のことを真剣に考える姿……新堂さんの職人としての姿勢……わたし、すごく尊敬する」

沙耶は笑顔でそう言うと、自分のスケッチブックをカバンに入れ、まず月斗の家にむかった。

天舞酒造からは、地図でいえば真裏になるのだが、実際にいくのは遠回りになる場所にある。

まず表の通りに出て、いったん裏の美容院のところまでいき、そこと写真館の間にある一メートル半ほどの路地を真っ直ぐ進むと、そこに数軒の町家が建っているのだ。

月斗の住む町家はその一番奥にある。

「月斗さん……お邪魔しまーす」

玄関でチャイムを押すが返事はない。というか、チャイムの音が聞こえないので、おそらく電源を入れていないのだろう。

「あの……」

ノックしようとしたが、周りに響きそうなのでやめておく。

玄関に少し隙間ができている。鍵が開いている。引き戸が完全に閉まりきっていない。

「月斗さん……」

少し開けて、中を覗きながら「お邪魔しますっー」とドスの効いた声を上げようとしたそのとき、玄関の正面の和室でぐったりとしている月斗に気づいた。

「つ、月斗さんっ！」

驚いて思わず引き戸を開けて沙耶は中に飛びこんだ。

なにもない三畳ほどの和室で月斗がゴロンと横たわっている。

「大丈夫？　具合でも……救急車を」

荷物を置いてスマートフォンをとり出した沙耶に気づき、月斗がうっすらと目を開ける。

「いい、呼ばなくて……いいっす」

「え、でも、倒れているから」

あたふたしている沙耶に月斗がクスッと笑う。

「倒れてません。寝てただけですわ」

作務衣のまま、そういえば身体に半纏のようなものをかけているが、それが掛け布団がわりなのだろうか。

「……寝てた？」

「そう、いっつもそう。気づいたらここの玄関の三畳間で寝てるんです」

まったく何もない部屋。この三畳間は、玄関から入ってきたとき、玄関土間から奥が見えないよう、ここに衝立《ついたて》を置いたり、お花を活けたりすることが多いが、月斗は寝室に使っているようだ。

その奥の六畳間は暗くてよく見えない。

「寒くない？」

「そういえば……寒い気もします」

「当然よ、もう紅葉の季節なんだから」

「暖房……つけましょか」

月斗は襖をあけ、そこについたエアコンのスイッチをつけた。

温風が流れ、コピー用紙のようなものに書き散らかされた絵がふわっと舞う。

六畳間の真ん中にシートが敷かれている。何かに布がかけられているが、おそらく仏像だろう。

月斗の家からは、新堂のように酒の匂いではなく、純正のようにお香の香りではなく、甘い花の香りがした。

「……この花の匂いは？」

「ああ、あれかな」

六畳間の床の間に一体の仏像。その横に白い花が活けられている。

「これ……」

「秋蘭、純正さんが育てていた花を分けてくれて。花着きが成功したみたいで」

「仏さまにご挨拶していい？」

「ええっすよ、お仏壇はないけど、純正さんが魂を入れて、開眼法要してくれたし、挨拶していって」

「魂……か」

そうか、創っただけではただの人形でしかないのか。当然といえば当然だが。

秋蘭の甘ったるく絡みつくような匂いがする。

「こちらは？」

「十一面観音さま」

「ああ、そうなんだ。これ、酒粕の和風パンナコッタ……差し入れなんだけど、じゃあ先にお供えするね」

沙耶は仏像の前にパンナコッタの入った箱を置き、手を合わせた。

とても綺麗な顔立ちの十一面観音さま。美しい流線を描いた仏さまの姿だ。顔立ちが純正に似ている気がする。

「沙耶さん、お酒、飲みますか？」

「え……」

「これ、よかったら。ここ、お茶も何もないから」

月斗から不思議なお酒を出された。

「これは？」

「観音菩薩にちなんで東洋の酒と言いたいところやけど、イタリアのお酒なんですわ」

「ジュースみたい」

黄色い色のお酒。グラスに映える。初めて見た。

「これ、純正さんがくれましてん。めっちゃおいしいと思いません？」

さらりとしたくせのない長めの前髪をかきあげていく指先。白魚のような手という言葉が最もふさわしいような綺麗な手だ。

そういえば、新堂も純正もみんな手が綺麗だ。

八田さんも綺麗だ。京都の男性は、みんな、そうなのだろうか。

「あ……でもよく見たら、指先、傷だらけ」

沙耶がぼそっと言うと、月斗は薄く微笑した。

「そう、仏像彫ったり、お寺の修復したりしているから」

そう言いながら、月斗がこくこくとイタリアのお酒を飲む。派手な外観のせいもあるが、イタリアのお酒というか、このレモンイエローのお酒が妙に似合う。

「これ、リモンチェッロというお酒らしいんですけど、どうですか？」

「いい香り、味もいい感じ。レモンのお酒？」

「そう、もいだばかりのみずみずしいレモンにリキュールを加えたとかで、ミルクを溶かしあわせたもの……一種の果実酒やって純正さんが言うてました」

「同じ果実酒でも、うちの柚子酒とはだいぶ違う味ね」

コクがあって濃厚。でもジュースみたいな甘さ。

甘ったるさと酸っぱさが奇妙に溶け合うお酒。

混ぜあわせた匂いが濃厚で、秋蘭の花の匂いも濃くて、この家全体が重い雰囲気になっている。

すべてが甘いのに、重苦しい味と匂いが口腔に溶け落ちて変な気分だ。

「純正さん、桃のお酒とか果実酒、好きみたいです」

さっきから純正の話ばかり。ものすごく懐いている。本当にワンコだ。

「ところで、この仏さまは久遠寺さんに奉納するの？」

「そのつもりやったんですけど……純正さん、オレが趣味で作るような仏さまは別に久遠寺には必要ないって」

「断られたの？」

「はい」

すごく落ちこんだ様子で肩を落としている。

「趣味で……仏さまは作ったのに、この家は自分で直そうとは思わないの？」

沙耶が問いかけると、月斗が上目遣いでこちらを見てきた。

今にも泣きそうな顔で。

「何でそんなこと言うんですか？　オレのではダメやって言われたから、純正さんが手放しで褒めてるあんたの家造りがどんなものか知りたかったのに。それ、あかんことなんですか？　オレかて救われたいです。どこ行っても、ダメやダメやと言われて……」

やばい。さすがワンコ。そんなすがるような目で見ないで……と思ったけれど、彼の眼差しは沙耶ではなく、その背後の十一面観音像にそそがれていた。

沙耶は振り向いて、もう一度、じっくりと観音像を見た。

ちゃんと計算されているのか、町家の薄暗い空間のなか、天窓から入ってくる光がちょうど細い筋となって入ってくるところに観音菩薩像が置かれている。

まるで一筋の救いの手を差し伸べているかのように。

「この観音さまは、みんなを救ってくれるんやて、純正さんが言うてました。もちろん、オレもちゃんと救ってくれはるって」

なにから救われたいの……と尋ねるのが怖い気がして、沙耶は尋ねなかった。

「観音さまの中でも、とりわけ功徳が大きいんや。餓鬼道に迷う人々を救うといわれている」

「餓鬼道？」

「餓鬼の絵、見る？」

月斗は餓鬼の絵を見せてくれた。

紫の前髪の餓鬼が苦しそうに泣いている。恐ろしいというよりも哀しい絵。手からは血が流れ、地面には彫刻刀やノミが散乱し、壊れた仏像や破壊された寺の伽藍が四方に描かれ、その背後には暗雲や雷、閻魔大王、そして餓鬼の胸には、月斗がこめかみに刻んでいるタトゥーと同じ梵字。とても美しい色彩ではあるが、全体的にとても毒々しい印象だ。

「これ、月斗さん？」

「そう、オレ、ずっとそう……ずっと飢えているんですわ」

飢えているというのは、食べ物ではなく、魂だというのはわかった。

「純正さんだけがわかってくれはったんです」

月斗はなやましげに千手観音を描いた絵を沙耶に見せてくれた。不思議なことに餓鬼は月斗に似ているのに、観音さまは純正に似ている。

「わあ、純正さんにそっくり」

「そう、次はこれを作ろうと思って。そうしたらもらってくれはるかもしれんから。あの人、オレの作った欄間も気に入らないと言ってダメだししてきて……なにをやっても、気に入ってくれないんで……せめて仏像を作ったらと思うんやけど、仏像も気に入ってくれなくて。だから次はこれを」

今にも泣きそうな顔をしている。儚げな姿で落ちこんでいる様子を見ていると、何とかしてあげたくなる。

「でもこれもダメでした。オレ……なにがあかんのか、ほんまに必死になって考えて」

「……」

天才なのに、純正はなにが気に入らないのだろう。

「そんなとき、あの人が沙耶さんのこと絶賛していたんで、蔵バル、見に行ったら、あの人が好きそうな空間になってました。居心地がええ空間……。そやから、沙耶さんにここもそんなふうにしてもらいたくて」

祈るような月斗の言葉に沙耶はとまどいながら首を左右に振った。

「あの……意味がよくわからないけど、わたし、そんな大それたことできないよ」

「いやなんですか？」

「そうじゃなくて……」

なにか違う気がしてきた。彼が気に入っているのは、沙耶の考えた空間ではない。彼は自分の作品を純正に認めてもらえないから焦っているのだ。

「わたし、ただ単に好き勝手に作ってるだけよ。もちろん学校で習ったから、多少のリフォームの知識はあるけど」

「でも絶賛してはったんすよ、純正さんが」

「わからない、どうして褒めてくれるのか。純正和尚、最初からものすごく親切で、ものすごいいふうにわたしのことを受け止めてくれるの、紫子さんも。買いかぶってくれているんだと思う」

「そういえば、紫子さんも大絶賛やったんです。久遠寺の寺嫁さんになってほしいとまで言ってはって」

「ごめん、本当にあの人たち、買いかぶってくれているだけだから」

じゃあ、帰るね、と沙耶は月斗の部屋をあとにした。


違う、月斗は沙耶のリノベーションが好きなのではない。

彼の部屋にあった仏像とイタリアのお酒がそれを教えてくれた。

彼は落ちつく心地のいい空間なんて求めていない。彼が求めているのは「救い」——ただそれだけだ。最初に会ったとき、彼は阿片のような酒が欲しいと言っていた。甘く脳まで痺れさせるような、地獄に引きずりこまれるような……。この振り幅の激しい性格。切れやすかったり急にワンコになったり。彼の求める世界、彼が表現したいものの輪郭まではわからないけれど、本質が違うのだけは理解できた。沙耶が作りたいものとは別のものだ。

沙耶はそのままま っすぐ戻ってきた。久遠寺に和風パンナコッタを持っていくのを忘れたまま。

あの小さな町家。昭和に建てられたままの。それを少しリノベーションするくらいの簡単なものだと思っていたけれど、もっと根が深そうだった。

「甘い香りがしますね」

天舞酒造に帰ると新堂が問いかけてきた。

「……どうでした、あの人の家……」

なんか機嫌が悪い。自分から行ってこいと言ったくせに。

「どうもなにも。なにもなかったよ」

「なにも？」

沙耶はうなずいた。

「超ミニマリスト。仏像と花と仏教画しかなかったから」

「じゃあ、これ、花の匂いですか」

「そう、秋蘭。観音さまの横にお供えされていたの」

「惚れました？」

「え……」

突然の棘のある声音に、沙耶はイラっとした。そういうことじゃないのに。彼の本質についての話したいのに。

「もしかして嫉妬？」

いつもなら訊けないことだけど、今日は勢いで言葉にしてしまった。

「っ……まさか」

ひどく気まずそうに新堂が視線をずらす。

「……趣味が合うみたいなので」

沙耶はソラくんを抱きながらクスッと笑った。

「趣味が合うんですよね？」

「え……」

「月斗さんと沙耶さんは同じ道を目指しているから」

なにか言い方が少しイケズな気がして、趣味は全然合わないと本当のことを言うのが嫌になってきた。

「それなら新堂さんと冬香さんこそ」

同じように突き放した言い方をする。

「好きになりそうなんですか」

思い切り唐突にどうしてそんな話をするのか。

「まさか。わたし、そんなに簡単に人を好きになったりしないよ」

沙耶が苦笑いすると、新堂はふと真摯な顔になった。

「久遠寺さんのリフォームも……しましたよね？」

「え、うん」

「お隣に町家のリフォーム会社から、沙耶さんを紹介してほしいという話があったみたいなんです」

「へ……」

「沙耶さん、もともとリフォームの仕事がしたいって言ってたので……もし本気ならと思ったのですが」

つまり若女将としてここで働くか、リフォームの仕事に力を入れるか、自分が二者択一を迫られているということなのだろうか。

沙耶の脳裏に、経机のひきだしに閉まった松尾大社のチラシがよぎる。

白無垢姿の花嫁。リフォーム会社の社員になるということは、結婚はない。

若女将になる道を選ばない。

このままだとどちらも中途半端ではないかと思うように。

「私にどうしろと言いたいの？」

「いいですよ、いつでも言っているように沙耶さんの自由にしたら」

きた……究極の突き放し。いつもの尊敬の念ではない。ただの拒絶の気がして沙耶は肩で息をつき、新堂に背をむけた。

7　本物の花嫁、本物のかたち

「あかんなあ、全然、精米に愛がこもってへん」

八田のおじいさんがカンカンになって作業場から出てきた。

大きな声が奥から聞こえてきて、沙耶は通路の近くからその様子をたしかめた。

「坊ちゃん、最近、全然あかん」

沙耶に気づき、八田が怒りの声で話しかけてくる。

「あんたも嫁さんになるんやったら、もっと坊ちゃん、支えてやってくれや」

「八田さん、そういうの、やめてください」

「なんでや。嫁さんやったら」

「そういうの、嫌なんです。沙耶さんは関係ないです、精米のことはおれの責任ですから
そんなこと言わないでください」

二人は奥庭に場所を移動したけれど、土間にいるので会話が聞こえてくる。

「ずっと悩んでいるやないか。それをあの子に相談もしてへんのか」

「悩んでいるのは、おれの問題なんで」

「そんなことも相談できへん仲なんか」

「……」

悩んでいる？　相談したいこと？

「情けない奴やなあ。ドンとぶつかればええやろう」

八田はカラカラと笑いながら言った。

「あの沙耶というお姉ちゃんは、坊ちゃんが思ってるより、ずっとおまえさんのことを大事に思ってるよ」

「それは……おれがそうでありたいから」

「はあ？」

「あの人を束縛したくないんです。あの人、才能があるんですよ。純正和尚も紫子さんもみんな言ってます」

え……。沙耶は思わず壁に耳を近づけた。

「でも、それ、最初に発見したのはおれなんです」

えええ……っ。さらに沙耶は耳を近づける。

「あの人を片山不動産で見たときから」

「どういうことや」

「あの人の感覚に惹かれたんです。考え方がクリアで、愛があって、すごくストレートになにが必要で、なにがダメなのかちゃんと気づける人なんです。なんの曇りもなく。後先考えず、相手を思いやって。あのときはそう思っただけですが、本人と接して、この人が作る家って、どんな居心地なんだろうと考えるようになって」

「そうか……」

あのとき――まだ沙耶が会社で働いていたときだ。お節介だとわかっていてもつい口にしてしまった言葉。そこに惹かれてくれていたんだ。あ……どうしよう。涙が出てくる。

「沙耶さん、空気から物事の本質が見える人なんですよ」

新堂が八田に語っている。

「ここにきたときも、百年以上続く町家の匂いを感じとって、胸がいっぱいになると言ってました」

「そうやな、そんなことよく口にしているな」

「比叡山が近くなることも、桂川の匂いも……空気を五感で感じて、それを住空間に置き換えることができる人なんです」

わたしのことを一番理解してくれている。

というか、わたし以上にわたしのことがわかっている。

「おれが一番悔しかったのは、冬香さんの酒ではないです。沙耶さんの感性です」

「なるほど」

「おれの精米の悩みもそこです」

「……そういうことか」

「うわっ、八田さん、ややや、やめてくださいっ、やめっ」

なんだろうと思って格子窓からのぞくと、八田さんが新堂に抱きついていた。そして泣いている。

「坊ちゃん、最高や。ようやく一人前の杜氏になってくれはったな」

おいおいと声をあげて泣いている。

「冬香の酒に惑わされているんやったら、ガツンと頭をどついて、ここをやめてやろうかと思ってた」

「それはないです。いいお酒だし、悔しいと思いますけど、杜氏として求めているものが違うのはわかりましたから」

「わかったんか、ちゃんとそれが」

「冬香さんのお酒は、冬香さんが愛している人のためのお酒なんです」

新堂はきっぱりと言った。

「おれのお酒はおれのためのお酒なんです」

「それもあの、土佐のお姉ちゃんが教えてくれたんやな」

「はい、わかっていたけど、はっきり気づいてなかったこと……それをあの人はどんどん気づかせてくれます」

「ええ関係じゃないか」

「でもだからこそ縛り付けたくないんです。あの人の感性を大事にして欲しくて。それが最も活かせることをしてほしいと」

「そうか。人間としては好きやけど、女としては惚れてへんということやな」

「え……」

「そうやって綺麗ごとを並べている間は、まだ本気やないってことや」

新堂が絶句している。沙耶も硬直した。

「そんなもん、わしなんてな、嫁さんが好きすぎて……嫁さん、宝塚の歌劇団に入るのが夢やったのに、結婚して欲しくて無理やり諦めさせたんや」

八田さんの奥さん、そういえば、兵庫県出身の美人な人だったと、誰かから聞いたことがある。お金持ちのお嬢さまで、日舞もお琴もできたのに、八田さんみたいな頑固職人と結婚して苦労したとか。

「わし、嫁さんをどうしても取られたくなかったんや」

「歌劇団に？」

「そうや、歌劇団に入ったら、楽しくて、わしのことなんて忘れてしまうと思って……入って欲しくなかったんや」

「八田さん……」

「結婚してからいろいろ後悔した。させてやったらよかったかな……とか悩んで」

うわ、すごい話を耳にしている。八田さんの本音なんて。

沙耶はドキドキしながらじっと耳を傾けた。

「でもな、一回だけ、一緒に行ったんや。阪急電車に乗って、なんやようわからへんけど、きらきらした綺麗な舞台で……めっちゃかっこいい男の人と綺麗な女の人がいて」

八田さん、それ、男の人じゃなくて、男役をしている女性ですよ。と、ツッコみたい気持ちをこらえて、沙耶はじっと聞き耳を立てていた。

「楽しかったなあ。あのときが人生で一番幸せやった」

劇場に行く前に一緒に近くの中山観音さんにお参りして、それから武庫川のほとりを歩いて炭酸せんべいをお土産に買って……と言葉を続けた。

「舞台見て、嫁さん、感動して泣いてたんや」

それは本当は八田さんとのことを後悔して？

「大好き、この世界が大好き。けど、入学試験に落ちるのはわかっていた。だから諦めて、わしと結婚したって」

「そんなことを……」

試験に落ちるから結婚したって……超失礼な気もするけど。

「入学試験の前に、わしがプロポーズしたんやけど、歌劇団に入らんと、八田の家に入ってくれと土下座したんや」

ど、土下座。八田が土下座する姿が想像つかない。というよりも、若い日の姿もまったく思いつかない。

「それが嬉しかったんやってさ。そして一緒に観に来られたのがもっと嬉しかったって。

どっちも大好きやってさ」

「……」

ノロケ話ですか。

でも素敵なお話だと思った。

八田さんと奥さんが阪急電車に揺られ、お参りしてきらきらとした舞台を見た。

お土産は炭酸せんべい。

なんかほのぼのとしてしまう。

その時間が二人にとっては、一生忘れられない大切な思い出となったのだ。

「……仕事が忙しかったし、恥ずかしかったし、もうそれ以降は一緒にいけへんかったけど、チケットだけはプレゼントしたんや。お酒の取引先の奥さんに歌劇団にくわしい人がいたから、チケット頼んで。ええ席とってもらって、嫁さん、大喜びでお洒落して友達と行ってた」

ああ、そういうところ、八田さんらしい。

「それから出かけるたび、嫁さん、炭酸せんべいを買ってきてな。そんなん、ちっとも好きやなかったけど……炭酸せんべいを食べると、やっぱ歌劇団に入りたかったんかな……とか思ったりもして……」

そこまで言うと、八田さんはフゥと溜息をついた。

「つまりな、なにが言いたいかっていうと、正しい答えなんてないってことや。それがええと思って選んでも、あっちのほうがよかったんやないか、こっちのほうがよかったんやないかって……なにを選んでも、絶対にいろいろ思ってしまうんや。それやったら、自分に正直に生きたほうがええ。自分で選んだことへの覚悟も決まる」

「覚悟って……」

「自分の気持ちに素直になれ。裸になってぶつかれって言うてるんや。それができたら、どっちに転んでも後悔はない」

　正しい答えはないのか。正しくする必要もないのか。

ただ、どうしたいかという強い思いにだけ突き動かされた。そして選ぶのは自分。

「でもさっき後悔してるって言ったじゃないですか」

「そうや、後悔はしてる」

　八田はしみじみとした口調で言った。

「もう一回、わしも一緒にきらきらした舞台、見に行きたかった。舞台を見て、嫁さんの顔がきらきらしてるとこ、見たかった。一緒に行ったときは、舞台に取られるんと違うかと思ってまともに見れへんかったことを後悔してる。それに言いたかったことも言えへんかった」

　少し涙声になっている。とても切なそうな声に。

「結婚したことには後悔はない。その分、幸せにしようと努力したし、嫁さんも幸せやと言うてくれた。お酒を作ってるわしの姿を見たら元気になると言うてくれて、プロポーズしてほんまによかったと思った。けどな、わしが後悔してるんは、照れくさくて言えへんかった言葉や。もっともっと正直に思いやりを持って、あいつが喜ぶようなこと言ってやればよかったと思うんや。生きてるときに、あいつを笑顔にできる言葉を。後悔してるのはそれだけや」

八田も新堂同様に不器用な職人だ。照れくさくて言えなかったいろんな言葉、もう少しだけ優しさを示したかった、だから、新堂も恥ずかしがらないで、素直に何でも吐露しろと言っているのだ。

「言いたかったんや。あそこで主役をやってる女の子より、嫁さんのほうがずっと綺麗やって。今度生まれ変わったら、わし、嫁さんが退団するまで待ってるから、ちゃんと入学試験受けて舞台に立って、活躍してくれって言いたかった。わし、舞台、見に行くからって言いたかった。それを言えへんかったことだけが最大の後悔や」

八田は、新堂の背をポンと叩いた。

「そやから、後悔せえへんように。恥ずかしがらんと正直になれ。この前、酔っぱらったときみたいに、自分をさらけ出して。そのとき、ほんまに大事なものが見えるし、坊ちゃんのお酒も一味変わるはずや」

八田の話に沙耶はとても心を動かされた。

自分もそうだ。新堂だけではない。心をさらけ出し、本当にやりたいこと、後悔しない道を探しだす。

そのことを改めて考えようとしていると、翌朝、月斗が店にやってきた。

「……沙耶さん、ものは相談なんですけど」

深刻そうな顔をしているが、どうしたのだろう。

「……相談て」

「一緒に事務所、始めませんか？」

突然の月斗からの申し出に沙耶は「へ……」と変な声をあげた。

「沙耶さんの前向きさ、一緒にいると気持ちがええんです。一緒にいると元気になるし、なんか新しいことやってみたくなったんです」

「ちょ、ちょっと、突然、どうしたの？」

「宮大工で修業した経験を生かして、沙耶さんとリフォーム会社を一緒にするっていうのが一番楽しい気がしてきたんです」

玄関でそんなやりとりをしているうちに、奥にいた新堂が気づいて店のすみにきていた。腕を組み、じっとこちらを見ている。

「ちょうどよかった。あそこにいるイケズさんにも説明する手間がなくなりましたね」

ニヤッと笑って月斗は新堂に視線を向けた。新堂は沙耶がどう出るのか知りたいのだろう。なにも口を挟もうとしない。

「ねえ、ちょっと待ってよ。それ、本当に月斗さんのやりたいこと?」

「はい、あの町家、買いとることにしました」

月斗はすがすがしい笑みを浮かべた。

「買いとるって……月斗さん、ものすごくお金持ち?」

不動産会社で働いていたからこの場所の価値はわかる。

月斗の住む町家は片山不動産が買収しようとしていた一角だ。

建築基準法だかなんだかで、通りから奥に入った路地なので建て替えは不可の物件だった。その代わり、片山物産は、このあたり全部の土地を買い取って、高級マンションを建てるつもりでいた。

京都は、今、マンションのほうが一軒家よりも高いのではないかと思うほどだ。下鴨や御所の周りの新築のマンションは一億くらいする。とてもふつうの庶民に買える金額ではない。

あの町家はそうした不動産業者からとても狙われやすい土地だ。

「あそこ……久遠寺さんの敷地なんですわ。もともとあそこの附属の保育園か幼稚園かの職員寮やったみたいで」

「あ、じゃあ、純正さんから買うの?」

「はい、二百万くらいでええって言わはるんで」

「えええええっ」

それならわたしが欲しい……と思ったが、そもそものくらいの貯金もないので立候補する資格はないのだ。

「建て直しができひんし、築百二十年の物件やし、消防法の規定からもずれているし……だからこちらで勝手に修復してええからって」

「そうなんだ」

なるほど。そういうことか。たしかにそうした物件は安く買える。

「そやから、あそこを買って、事務所にするのはどうかと思って」

月斗はさっきよりもさらにすがすがしい顔で言う。

「リフォーム会社の事務所って……本気？」

「本気っす」

ちらりと新堂を見ると、彼はさっきよりも険しい顔でこちらを見ている。

「ちょっと待って、そんな簡単にいかないと思うよ。わたしなんて無名なんだし、何のお得意さまもコネもないんだから」

「お得意さまなら、純正和尚が一緒にさがしてくれるはずです」

「そんな……簡単に人に甘えたらだめよ」

「そう？　でも、あの人、オレが人生をやり直すのなら、どんなことでも協力する、仕事のお客さんも探してあげると言うてはりました」

「……」

月斗さん、それ、本気にしてるの？

「そやから、オレと結婚して、一緒にやりませんか？」

彼がそう言った瞬間、背後で瓶の割れる音がした。ふりむくと新堂が下駄の音を鳴らして月斗に近づいていく。

見れば、新堂の顔色が変わっている。青ざめたような、これまで見たことがないような表情に。彼のいた場所には、空の空き瓶……。粉々に砕けている。

そしてそのまま いきなり月斗の胸ぐらをつかみかかると、新堂は勢いよく手を振りあげた。

「……っ！」


「――――純正和尚、純正和尚っ！」

店を飛び出すと、沙耶は勢いよく走って久遠寺を訪ねた。

ちょうど庭先で、純正が猫のアイリーンにフードをあげていた。

「ど、どうしたん、沙耶ちゃん、血相を変えて」

「あのね、今、月斗さんと新堂さんが……」

沙耶はこれまでの経緯を簡単に説明した。

喧嘩になりそうだったが、八田と沙耶が二人がかりで新堂の腕を止めたため、何とかことなきをえたが、あのままだと大喧嘩になっていた。

「うわっ、人格崩壊？　酔ってもいないのに？」

「そう、酔ってもいないのに、もう……びっくりした」

二人がかりで新堂を止めていると、月斗は悪びれもせず、ニッコリと笑って「同じ道、目指しましょう」と笑顔で店をあとにした。

そのあと、呆然としている新堂を八田が引きずるようにして奥に連れて行ったのだが、沙耶はちょうどやってきた職人の一人に店を頼んで久遠寺にやってきた。

一言、純正に言ってやりたいことがあったからだ。

「あ、もしかして、月ちゃんにプロポーズされたん？」

「そのことじゃなくて、どうして仕事のお客さんもさがしてあげるとか、どんなことでもするとか……あの人をダメにするだけじゃない」

「そう？」

純正が首をかしげる。

「そうよ」

「ダメになるんやったら、月ちゃんはそこまでの人や」

純正はこれ以上ないほど綺麗な笑みを浮かべた。

「それでももがいて、堕ちるとこまで堕ちても、それはあいつの人生や」

「純正さん、ちょっと冷たくないですか」

いつのまにか、新堂が後ろに来ていた。

そう、沙耶が言いたかったことだ。

「無責任じゃないですか。拾うだけ拾って、面倒をみないって」

「みてるよ、アイリーンもジャスミンも……その前の、ウサギのカエサルも柴犬のウィリアムも……」

ネーミングが変だというツッコミはさておき、この人、やっぱりただの親切で拾っているのではないのだ。

「月斗くんが沙耶さんに救いを求めているのは理解できますが……それ以上に、純正さんに救いを求めているのがわからないんですか」

責めるように言われ、純正が視線をそむける。

そうだ、あの十一面観音の顔は純正さんだった。

千手観音も純正さんにそっくり。そして餓鬼の絵は彼自身。

月斗は純正が褒めるから、沙耶にプロポーズしただけだ。沙耶と一緒に仕事がしたいというのも彼の代わり。

「ぼくにどうしろと？　これ以上、彼になにをしろって言うんや」

純正の言葉が初めて感情的になった気がした。ほんの少しであるが。

「自分で考えてください。拾ってきたものに対して責任を持つって言うなら、ちゃんと答えを見つけてあげてください」

すると純正はやれやれと肩で息をつき、二人に奥にくるようにと言った。本堂の奥にある欄間や廊下のあたりを見せてくれた。

「すぐるんはこの前も見たと思うけど、これが月ちゃんの作品や」

沙耶は驚いて目をみはった。

天才……と新堂が話していたが、たしかに素晴らしい作品がそこにあった。彼が作った仏像も素敵だったが、比ではない。

今にも動きだそうな十二支と猫、そして天女のような仏さまが極楽浄土から迎えにくる様子が透かし彫りで欄間に彫られている。

裏から見れば、猫はいないが、正面から見ると猫はいる。恐ろしいほど繊細で生きているように見えるほどの見事な欄間だった。

「左甚五郎《ひだりじんごろう》もびっくりのすばらしい修復や。ていうか、もともとは蓮と雲海しかなかった欄間を、月ちゃん、こんなふうにしてしまった。スペインの修復がひどいと問題になっていたけど、あれと反対や」

純正の話によると、もともとのままでいいと頼んだのに、純正はそれとはくらべものにならないほど見事なものに仕上げてしまった。

柱もそうだし、床もそう。仏像もそう。建築素材は予算内だし、何の問題もないように見えるのだが、それではプロとはいえないと純正が説明した。

激しく毒のある欄間。月斗が良かれと思って作ったものは、久遠寺には必要ないものだったのだ。

「ぼくが依頼したのは、もともとの久遠寺のものを新しくしてもらうだけ。特別なことを頼んだわけやない。沙耶ちゃんが直してくれたところもそう、特別、新しくしたのではなく、もともとあったものを生かして、ちょっと現代風に工夫しただけ。それでよかったのに、月ちゃん、まったく違うものにしてしまうねん」

そうか……それでは誰も望まないものが完成してしまう。いくら素晴らしくても、職人は芸術家ではない。依頼されたとおりに仕上げなければならないのだ。

「天才ではあるけど、職人にはなれへん、あの男は」

だから純正は否定したのか。彼の仕事はダメだと。

「そやから、手放すつもりなんや。ぼくに甘えていたら、月ちゃんはあかんようになる。突き放さないと」

そうか。だから突き放されたくなくて、月斗は沙耶にプロポーズしてきたり、事務所を一緒にという話をしてきたりしたのだ。

「わからへんのや、あいつには居心地のええ空間というものが。あいつは望んでないから。自分の作りたいものしか」

「やっぱり純正さん……残酷だわ」

「まあ、保護した身としては、責任持って、新しい飼い主が見つかるまでは面倒みるつもりや。あいつだけやしな、あんなに喰らいついてくるワンコ。めんどくさいもん、拾ってしもたわ」

　結局、見すてられないのか。それがわかってほっとした。

「とことん付きあうつもりや、あいつがどうしたいか、どうするのが一番なのか、一緒にさがすつもり」


「沙耶さん、ちょっといいですか」

　新堂は沙耶の腕をとり、久遠寺の人気のない一角に向かった。

　ちょうど紅葉が始まったばかりの見事な楓が一角に立つ。観光地ではないけれど、ここの紅葉は見事だと気づいた。

　寺全体が赤く染まり、苔むした地面まで赤くなっているようだ。見上げると紅葉の間から漏れる光が二人を優しく包んでいる気がした。

「桜は夜もいいけど、紅葉は……太陽の下がいいね」

　沙耶は真紅の葉の間から漏れる陽射しを感じながら微笑した。

「長い冬の前に、たくさん光を浴びたいんだよね、紅葉の木も」

「沙耶さん……」

　新堂はいつになく真摯な顔で言ってきた。

「おれは沙耶さんと一緒に暮らせるなら、あなたにすべてのリフォームを任せたいと考えていました。でも沙耶さんが仕事に生きがいを感じて、もっと頑張りたいと思われるのでしたら、蔵元の女将にして拘束するよりも、仕事で頑張れるように背中を押すのが愛情だと思っていたんです」

「え…………」

愛情？　愛情を感じてくれていたの？

「かりそめ婚の契約、更新というのは……生涯という意味だったのですが」

沙耶は苦笑した。

「……」

わかっている。わかっていたつもりだった。でもそうじゃない気がしていた。それは自分が迷っていたからか、新堂が迷っていたからか。

「おれ、この前、八田さんと話して、恥ずかしさを捨てることにしました」

新堂は息をつき、沙耶の足元にひざをついた。

「初めて会ったときから、沙耶さんが好きだった」

沙耶の手をとり、じっと見上げてくる。

「……っ」

知っている。話を聞いたとは、今、この場で言えなかった。あまりに彼が真剣な顔をしているから。

「沙耶さんとずっと一緒にいたい。そう強く願っています。誰にも執着したことなかったのに、初対面の人にあんなことを言うつもりはなかったのに……あの会社であなたが一生懸命おれの家のためにアドバイスしようとしてくれている姿に一目惚れしました」

「……」

「そして再会して、運命だと思いました。でなければ、契約結婚してほしいなんて頼んだりしません」

「そんな……ちょうどいいと言ったの、誰よ」

沙耶は泣きそうになるのをこらえながら虚勢を張るように言った。

「ちょうどいいと思ったんです。まだ自分の気持ちをそう強く自覚していなかったから、運命だと思いながらも」

「意地悪だったよ、最初」

そう、思い切りイケズくんだった。

「わからなかったんです、自分の気持ち、どう説明していいか。でも一緒に暮らして、どんどんあなたに惹かれて……今でははっきりと言葉にできます」

「新堂さん……」

「あなたと生きていきたいです」

新堂の言葉に沙耶は涙ぐんでいた。

そんなに強く思ってくれる人、他にいない。自分もそうだ、この人が大好きだ、一緒に生きていきたい。

「新堂さん立って」

沙耶は新堂に手を伸ばした。

「……わたしも同じ、一緒に生きていきたい」

新堂が瞳を震わせる。切なげに、愛しそうにこちらを見ながら。

「わたしも迷っていたのは同じ。それはこの気持ちに迷いがあったのではなく、自分の人生に迷いがあったの」

「やっぱり仕事が？」

心配そうに問われ、沙耶はうなずいた。

「そう、中途半端な気がして。新堂さんや冬香さんや月斗さん……みんな、自分の道に真剣に生きているのに、わたしはそうじゃないって思って」

「それは……おれたちが職人だから」

「そうね、そうなのよね。別にわたしが職人になる必要はないのよね」

沙耶は笑った。

「月斗さんにプロポーズされて気づいたの」

「……なにに？」

「一緒に職人として生きていこうという意味のプロポーズだったから、はっきりと気づいたのよ」

「……それで？」

性急に尋ねてくる新堂の態度に沙耶は淡く微笑した。この人から大切に思われているのがわかって胸が温かくなる。自分の答えを待っている彼の気持ちの在り処が愛しくて仕方ない。

「わたし、別に職人になりたいわけじゃないってことに」

「沙耶さん？」

沙耶は新堂をじっと見つめた。

「わたしは、人が楽しく暮らせる空間を作りたいだけ。前にも言ったけど、改めてそれを感じたの。新堂さんや冬香さんを見て、自分にはなにかが足りないって焦ったけど、焦る必要がなかったことに気づいて」

気づかせてくれたのは月斗のプロポーズだ。一緒に職人になって……と、想像した未来になにも見えなかった。

それは月斗が好きとか嫌いとかの問題ではなく、リフォーム会社を作って事務所でその仕事をしていくという未来に対して。

「わたし、町家をリノベーションしたいけど、新堂さんと一緒に日本酒バルをやったり、美味しいものを考えたりするのもやりたいの。わたし、貪欲だから、全部欲しいの。リノベーションだけじゃなくて、その先も欲しいの」

それがわかったのだ。はっきりと。

自分の居場所を作りたいって。

（ううん、迷っていたのはわたしだ。だから新堂さんを不安にさせた）

月斗もそうだ。彼も迷っていたから、沙耶にプロポーズしてきた。

「だから……今の生活こそがわたしの欲しかったもので、これをもっともっと大事にして、もっともっと愛情込めて、新堂さんがお酒を醸造するように、わたしも発酵させて、醸造させたいの」

言葉にするとさらにはっきりと自分の気持ちがわかる。

作りたいのは、この空間の延長線上にある未来。お酒が彼にとって自分の鏡なら、天舞酒造の空間が、わたしの鏡。

「一緒に作らせて」

祈るように言うと、新堂が「ええ」と頷き、そして少し遠慮がちに尋ねてきた。

「キス……していいですか？」

いいもなにも……。

沙耶はこくりとうなずいた。

恥ずかしいけどそっと触れる唇に全身がざわめく。脳が痺れていくようだ。

「ん………」

甘い柚子の匂いが濃くなっていく。この人、また柚子を使ってなにか料理をしようと考えていたのだ。

「――――いいんですか？」

唇が離れると、新堂は切なげに問いかけてきた。優しくて甘い。春の夜の闇のような眼差しに思えた。

「本気であなたを家族にしますよ」

沙耶は「うん」とうなずいた。

家族、そう、家族になるんだ。

新堂は幸せそうな笑みを見せる。これ以上ないほど魅惑的な、幸せそうな笑みを。

彼からまた柚子の濃密な匂いがした。

ほんのりと酸味のある甘美な香りが脳髄を刺激する。

きっとこうしたものにもっともっと馴染んでいくんだと思った。

皮膚に染みこんでいくように新堂のすべてがもっともっと自分の中で自然になればいいのに、とそんな風に感じながら。


「どうしよう、月ちゃんが消えた。部屋、綺麗に片づけて仏像と花だけ置いて」

その翌日、純正が血相を変えて現れた。新堂がソラくんを抱っこし、沙耶が吟太郎のリードをつないで、今、まさに散歩に行こうとしているときだった。

荷物がなくなっている。猫もいない。スマートフォンも持っていない。と聞き、近所を手分けしてさがそうとしていると、ちょうど酒を届けにワゴン車で出かけていたカオルが帰ってきて、月斗らしき人物を見かけたと教えてくれた。

「今、祇園の白川んとこに、和尚のとこの派手なお兄ちゃん、小さな猫抱いてうろうろしてたよ」

「それだ、行きましょう。純正さん、沙耶さん、車に乗って。カオルさん、そこまでの運転、お願いします。さあ、吟もソラくんも一緒に」

新堂にうながされ、そのまま二人が乗りこむと、カオルは「近道するで」と言って一方通行の路地をまっすぐ東にむかって進んだ。堀川通、烏丸通、河原町通を横切り、三条大橋から鴨川沿いを一気に南下していく。

「……純正さん、ちゃんと飼い主なら面倒見てくださいよ」

助手席に座った新堂がソラくんを抱っこしたまま くるりとふりかえる。沙耶の隣に座った純正が肩で息をつく。

「……今さらながら……悩んでるんや。あの天才……どう扱ったらええんか」

「拾ってきたのは純正さんでしょう。進むべき道、生きるべき道がわからなくてさまよっていた職人に……純正さんは手を差し伸べた。それなら最後まで面倒を……」

「そんなんわかってる。ちゃんとしてやりたい。けどな、ぼくがするだけではあかんやろ。あいつがどうしたいか、ちゃんと覚悟しないと。まちがった方向に進ませたくないんや、あんなに才能のある人間、生かしてやりたいやん。でも……実際のところ、なにが正しいのかなんてぼくにもほんまのところわからへん……。なにが月ちゃんの幸せなのか。多分、そんなぼくの葛藤に気づいて……あいつ、出て行ったんやと思う」

「繊細ですからね。大好きな純正さんを苦しめてると思って辛くなったんでしょう」

「ぼくもまだまだ修行が足りひんな。偉そうに説教してるけど、所詮は、未熟な凡夫……ただの人間やから」

その言葉に、ああ、そうかと思った。僧侶の前に、ただの人間。聖職者として未熟さ、弱さを表に出せないのか。いつも笑顔で、いつもひょうひょうとして……でもこの人も人間だから、やっぱり自分たちと同じように迷ったり悩んだりしているのだ。ただそれを見せられない立場なだけで。

車は祇園の白川の前に停まった。

桜の名所としても名高い祇園の白川河畔はちょうど赤く色づいた桜の葉によってあざやかな赤に包まれていた。

「あ、あそこに」

祇園白川の、朱塗りの橋のところに猫を抱いて肩を落としている月斗の姿があった。今にも死にそうな顔で欄干にもたれかかっている。

「坊ちゃん、こんなところで車、停められないんで……ちょっとここまできたついでに祇園のお得意さんに顔出してきます。くるっと一周してくるんで、十分くらいしたらまたここで」

カオルが三人を下ろしてそのまま南座のほうへと車を進める。純正についていこうとすると、彼は新堂と沙耶にはついてくるなと断ってきた。

「ぼく、ちょっと二人で話してくる。そやからついてこなくてええわ。あいつとことん話をしてくるから放っておいて。あんたらは、少しこのへんでデートでもして帰ったらええわ」

くるりと背を向け、純正がすたすたと白川沿いを歩いていく。赤く色づいた桜の葉から漏れる秋の光が降りそそぐなか、現れた純正に気づくと、月斗はなにを思ったのか、橋の欄干から飛び降りようとした。その手を純正が止め、ジャスミンごと肩を引きよせる。よしよしと頭を撫でている姿に、遠くから見ていた沙耶と新堂は笑顔で目を合わせた。

「心配だけど……多分、純正さん、何とかするだろうね」

「面倒みさせたらいいですよ」

いつのまにか二人の姿は消えていた。はらはらと散りかけた赤い葉が彼らのいなくなった石畳を赤く染めている。桜の葉だけでなく、紅葉も赤く染まり始めていた。

「綺麗……空気もとっても澄んでいて心地いいね」

古いお茶屋がずらりと並ぶ白川河畔。小さな朱塗り神社のむこうの路地をお稽古に向かう舞妓さんや芸妓さんがさっきからさりげなく歩いている。

「せっかくなんで、車が戻ってくるまで、このへん、散歩しましょうか」

「わあ、嬉しい。情緒があっていいよね」

沙耶は新堂とよりそうように吟太郎のリードを手に歩き始めた。

赤い葉の間から漏れる陽射しに目を細め、新堂が桜の木を見上げる。

「春の桜のあの幻想的な美しさ。あれはおれにとってはゴールで、この赤く色づき始めた桜の葉が出発点なんですよね。あ、本当の出発点は、まだ緑の葉のころ、月見の時期ですけど」

緑の葉の間から見える真っ白な十五夜の月。そこから彼の酒造りのシーズンが始まる。その緑はやがて赤になり、葉を散らして枯れ枝になり、やがてそこに白い雪をまとい、気がつけば花を咲かせてあたりを桜色の空気に染める。

「……人生に似ているね」

ふと沙耶は言った。

「人生？」

「うん、輝いたり、咲いたり、枯れたり……色が変化したり……」

「桜も生きていますからね……」

抱っこしたソラくんを撫でながら、新堂は沙耶に笑顔を向けた。

「……次の新作のイメージが完成しました」

「え……」

どんな？　と聞こうとした沙耶を新堂は祈るような目で見た。

「飲んでください」

「……」

「毎年毎年……一番に」

「え、ええ」

「枯れたりすることもあると思うけど、でも絶対、花が咲くと信じて……作り続けるんで……おれの生き方……全部ぶっこんで作ってるんで……それ、ちゃんと飲み続けてくださいね。ほんまの夫婦として」

彼の生き方を全部……胸がざわざわしてきた。色づいた葉のように赤く激しく、そして来年咲く花のように桜色のときめきを伴って。

「もちろん。全部、まるごと……なにもかもいただきますから」

「いいな、沙耶、おまえはずっと飲み続けていくんだからな、おれの人生を」

その言葉に、沙耶は笑顔でうなずいた。

いつかもっとすごい酒が作れるようになるって、純正が話していたけれど。それを実感し、それを確信していくように飲めるのだ、これから先、彼の作る世界を。

毎年毎年、新しい桜に感動するように。

◇◇◇

桜の花があざやかに咲いている。

静かに風が吹くたび、はらはらと舞い落ちてくる花びら。

もう満開だ。

不思議なほどの静寂。今日の京都は何という静けさに包まれているのだろう。

朝から降っていた雨が夕刻になって止むと、雲の切れ目から夕陽が降り注ぎ、桜の花を黄金色に耀かせている。

朱塗りの鳥居の前にたたずむ沙耶の横に進み、新堂が肩に手をかけてきた。

夕陽に照らされた新堂の顔をたしかめ、沙耶は目を細めてほほえんだ。

「この前の新堂さんの言葉……当たったね、あれからいいことばかり。今度はどうかな」

おみくじを引こうとすると、新堂が呆れたように言う。

「おみくじ……普通はお祈りのあとにしません？」

「え、先に引いてからのほうがよくない？　結果たしかめてから祈る内容決めたほうが前に進める気がして」

「ダメってことないけど……あ、でもやっぱりいいですね、沙耶さんのその清々しいほどの前向きさ。めちゃくちゃ励まされる。周りを元気にして幸せにする性格……」

いいって、そこまで褒めなくても。でも嬉しいです。

「いいんですか、夏になっても」

「うん」

今日、正式に神社に申しこんできた。商売をしているので大安吉日。七月。少し暑いけれど、その時期がいいだろう。

「……月斗くんも招待しますよ」

また言っている。相当、心配していたようだ。何ともなかったのに。

「いいですね？」

「あ、うん」

沙耶は笑顔でうなずいた。

きてくれるだろうか。もう新しいことに夢中になっている気もしないでもないけど。

「……よかったね、新しい師匠が彼を迎えてくれることになって」

あのあと、純正は月斗の心が定まるまでずっと鴨川の土手で彼と話をし、よりそい続けたらしい。実家で仏師の修業をする選択、高野山の宮大工の師匠のもとに戻る選択もあったが、純正は彼にその稀有な才能を伸ばす方法を選ぶようすすめたようだ。

『うまくいかへんかったら、いつでもジャスミンと一緒に帰ってきたらええんやで。ぼくはなにがあっても月ちゃんの味方やから、自分の一番好きなことに挑戦したらええ。そうして、自分で納得いくところまでいけたら、今度こそ、月ちゃんの好きに、ぼくのお寺を修復して。阿片飲んだみたいな世界でもええし、地獄にひきずりおとすようなんでもええし、毒々しいのでもええから。月ちゃんが魂削って作った本物の世界やったら……ぼく、なによりも好きになると思うよ』

いつでも帰ってきたらいい、本物なら好きになる……その一言に月斗は背中を押され、腹をくくったらしい。

『ずっとオレの心の飼い主でいてください。ここを完璧に修復できるようになるまで、ちょっと外で訓練してきますから』

そんなふうに言って、怪我が治ると、月斗は自分で新しい師匠をさがして久遠寺をあとにしたのだ。芸術的な伽藍を創作している人間国宝級の新しい師匠の候補を何人かピックアップしたのは純正らしいが。

(面倒みないと言いながら、結局、ちゃんと道の入り口まで背中を押してあげる。すごいな)

蔵バルで送別会をしたときは、やっぱり行きたくないと泣いていたが、それでも勇気を出して久遠寺をあとにしたのは半月前のことだ。

「うまくいくといいね」

「天才ですからね、おのずと道がひらけていくはずです、たとえ、どんなに遠くても」

そう、それははっきりと感じた。

「よかった、自分とご縁のある人には幸せでいて欲しいから」

言いながら、沙耶はちょっと苦しくなってきたので、襟もとを少しだけゆるめた。

「ああ、もう少し和服も慣れないとね」

沙耶が苦笑すると、新堂はなぜか露骨に口を歪めた。なにか変なことを口にしただろうかと上目遣いで見ると、新堂がついと視線をずらす。

「それはいいですが、沙耶さんのその姿は少しなやましすぎます」

「え……」

「桜色の着物……なんか別人みたいで」

「え……」

「今日は……なぜか……」

口ごもりながら言われ、ハッとした。

冬香に着物の綺麗な着方を教わったのだ。紫子さんの教え方だとかっちりしすぎているので、もっとこうしたほうが楽に着られる、と。その襟の抜き方がどうも玄人っぽいような気がして、それでも少しきつめにしておいたのだが。

「だから……人前に出る沙耶さんは……熊の着ぐるみを着ている写真くらいがちょうどいいですよ」

一瞬、何のことかわからず、沙耶は首をかしげた。

「あ……っ」

もしかしてあれ。以前に、ブログにのせた顔写真がいつのまにか黄色い熊の着ぐるみ写真に加工されていたけれど。

「……もしかしてブログの写真を加工したのって……」

新堂が気まずそうに視線を桜の花のほうに泳がせ、ボソリと言う。

「すみません、イケズなことして。ただ、どうしても……おれの大切な人を一般公開したくなくて……」

「……」

沙耶は言葉を失った。

「嫌なんです、ああいうの。世界中の人がおれの沙耶さんを勝手に見るのって、なんか耐えられなくて」

おれの沙耶さん……言ったね。

「きっとみんなが沙耶さんのこと好きになるから。ブログのアクセス数なんて酒造りに関係ないから気にしないでいいです」

忌々しそうに言われ、沙耶はつられたように苦笑いした。

「あのね、わたしはお店の宣伝をしようとしただけよ」

別に、綺麗だとかかわいいというのは、新堂だけでいい。

それでいい。この人がそんなふうに思ってくれたら、それが最高に嬉しいのだから。

新堂は改めて沙耶を見つめた。これ以上ないほど真摯な目で。それでも大きく息を吸って、少し言いにくそうに口をひらいた。

「沙耶さん、おれは……こんなふうに心が狭くて、全然人間もできていなくて……はたから見たら思いきりイケズな京男子そのものかもしれませんが……それでもいいですか、おれとの人生で……」

その言葉に、沙耶はおみくじをにぎりしめ、首を左右に振った。

「大丈夫、ここに答えがあるから」

おみくじを広げる。

「……答え？」

新堂がのぞきこみかけたとき、ふっと吹きこんできた風に沙耶の手からおみくじが舞いあがる。

ふわふわと舞うそれを新堂が手に取る。

「……」

大吉という文字を確認したのか、新堂が微笑する。

透明なその澄んだ眸がとても愛おしい。優しく、慈しむような表情だ。

「それで……おれの今年の酒……どうでした？　名前は……桜とか再生とか旅立ちみたいなものをつけるつもりなんですが」

突然の言葉に、沙耶は胸が熱くなるのを感じた。

冷たい性格だから、さっぱりした後に残らない味のものしか造れないのではないか。

自分が壊れるほどのことがないから、冬香のような濃厚な酒が造れないのではないか。

そんなコンプレックスを抱いていたが、沙耶としては、それこそが彼の酒の魅力だと感じていたし、おいしく飲んでくれる人がいるのでそのままで良いのではないかと思っていたのだが。

（でも……今年の新作は……ちょっと違った。まろやかさが加わったというか。やわらかくて、優しくて）

昨日、試飲させてもらったときもそう口にした気がするが、他に職人さんたちもたくさんいたので、一言しか言葉にできなかった。

「わたし、新堂さんのもともとのお酒も大好きよ。ものすごく飲みやすくて、口当たりがよくて酔わないから。でも……昨日も言ったと思うけど」

沙耶は桜を見あげ、大きく息を吸った。肺に染みこんでくるやわらかなあたたかさ。これから夏にむかっていく始まりの桜の大気が心地いい。

今の時期だけの、ほんの一週間ほどのこの美しさ。

「この桜のようだと思った。飲んでいるその一瞬、やさしくて甘くて天国にいるような幸せな心地になって……でもそれを飲み干したら、その世界がはかなく消えてしまうんじゃないか、だからもっと欲しい……と思うような、そんな愛しさを感じる味だった」

新堂は小さくを息をつき、沙耶と同じように桜を見あげた。

秋の花が始まりの花だとしたら、新堂にとって桜の花は季節をしめくくる花。そして次のシーズンへとむかうための再生の花。

「名前もぴったりになりそう。桜とか再生とか、すごくあうと思う」

昨年の新作は、沙耶にインスパイアされたと言っていたが、今年の新作は新堂自身の生き方の証明のような気がする。職人としての、葛藤の果ての。

「沙耶さんが本当に一緒に生きてくれるんですね」

少し泣きそうな顔をしている。

「もうとっくに。一年以上も一緒にいるじゃない」

「そうですね。そうでしたね」

「そうよ、もうずっと一緒だったんだよ」

沙耶が手を伸ばすと。新堂が手をとる。

「なんか……考えたら逆だったね、わたしたち。先に形だけ作って」

「え……でもおれは最初から沙耶が……あ……いえ……」

沙耶が好きだった——多分、そう続く。言ってくれたらいいのに。そうしたら大喜びで飛びつくのに。でもそれができないのもこの人の性分。そしてそんな不器用さも含めて大好きになったのは自分だ。八田さんとの会話を立ち聞きしたことは秘密だから知らんぷりしておこう。

「……でも楽しかった、手さぐりでいろんなことをつかみとっていくようで」

桜を見あげながら沙耶はこれまでのことを思いだしていた。

「こういうのも悪くないですね。先に外側を用意して、少しずついろんなピースをつなげて、形にしていくのも」

そうだね。

沙耶は胸に熱いものがこみあげてくるのを感じた。

こんなに幸せになっていいのだろうか。

ううん、迷わない。幸せになっていいんだ。いや、そうなっていこう。わたしらしく、前向きな気持ちと笑顔がきっと幸せを招いてくれるはず。そう信じて。

出会って一年と少し。なによりもこの時間がそうだったから。この人と出会ってからいいことばかり。最初に飲んだこの人のお酒——凍えそうなほど寒い日に飲んだあたたかい一杯の甘酒。身体の芯まであたためてくれたお酒を飲んだときから、この人の職人としての生き方、周りの人たちへのそれと見えない優しさ、そして自分への果てしなく深く広い思いやり……そんなものにもうずっとほろ酔いし続けている。

ちらりと横目で見ると、雪のように舞っていた桜の花びらが新堂の唇に落ちていくのが見えた。

その白い花びらごと吸うように、沙耶はそっと彼の肩に手を伸ばして、背伸びをしながら唇を近づけた。

「……」

目を細め、ほほえみかける。

「誓わせて。同じもの」

沙耶が言うと、新堂は静かにほほえんだ。そして沙耶の頬を手で包みこみ、唇を近づけてきた。

大好きだ。多分、すごく愛している。

唇が離れると、新堂はちょっと照れたようにうつむいて「行きますよ」と沙耶に目で合図した。境内を進み、拝殿の前で手をあわせ、お酒の神様に祈りを捧げる。

はらはらと風に舞い落ちる桜の花びらが境内に入りこんできた。

お酒の神様、幸せにしてください。

わたしたちと、それから周りの人々を。

「さあ、帰りましょうか、おれたちの家に」

帰る。二人の家に。

花のほかにには、なにもない静かな境内を歩きながら、沙耶は今夜はどんなふうにそこで楽しい時間を創ろうか考えていた。

そんな沙耶と新堂の影が重なるように伸びている。うららかな京の春の陽射しをはんなりと浴びた二人の姿が。

本書は書き下ろしです。

京都《きょうと》はんなり、かりそめ婚《こん》
恋《こい》のつれづれ、ほろ酔《よ》いの候《こう》
華藤《かとう》えれな

2021年7月5日初版発行
2021年7月27日第2刷

発行者……………千葉 均
発行所……………株式会社ポプラ社
〒102-8519 東京都千代田区麹町4-2-6

フォーマットデザイン 荻窪裕司(design clopper)
組版・校閲 株式会社鷗来堂
印刷・製本 中央精版印刷株式会社

落丁・乱丁本はお取り替えいたします。
電話（0120-666-553）または、ホームページ（www.poplar.co.jp）のお問い合わせ一覧よりご連絡ください。
※電話の受付時間は、月～金曜日、10時～17時です（祝日・休日は除く）。
本書のコピー、スキャン、デジタル化等の無断複製は著作権法上での例外を除き禁じられています。本書を代行業者等の第三者に依頼してスキャンやデジタル化することはたとえ個人や家庭内での利用であっても著作権法上認められておりません。

ポプラ文庫ピュアフル

ホームページ www.poplar.co.jp
©Elena Katoh 2021 Printed in Japan
N.D.C.913/271p/15cm
ISBN978-4-591-17067-0
P8111316

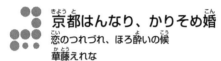